以齿为证

In the Teeth of the Evidence

［英］多萝茜·塞耶斯 著

陈小兰 译

上海文艺出版社
上海故事会文化传媒有限公司

编委会

总策划 夏一鸣

主　编 黄禄善

副主编 高　健

编辑成员（按姓氏拼音为序）

蔡美凤　高　健　洪圣兰　胡　捷

黄禄善　吴　艳　夏一鸣　杨怡君　朱崟滢

名家导读

/刘敏霞

刘敏霞,中国地质大学外国语学院副教授,复旦大学英语语言文学博士后,硕士生导师,美国加州大学洛杉矶分校访问学者,世界英语短篇小说协会会员。主要研究领域为英美文学和西方文艺理论。出版专著一部,译著一部,在《外国文学评论》《当代外国文学》等本专业核心期刊上发表学术论文二十余篇,主持国家哲学社会科学基金研究项目一项,教育部社会科学研究项目一项,省级社会科学研究项目两项。

1990年,英国犯罪小说作家协会选出最经典的100部侦探小说,多萝茜·塞耶斯的三部作品入选。五年后,美国侦探小说作家协会也选出100部经典侦探小说,塞耶斯五部作品赫然在列,并且在古典侦探流派的二十部代表作中,塞耶斯雄踞第三、四、五名。同时,塞耶斯还被选为最受欢迎的女作家,排名仅次于阿加莎·克里斯蒂,而她塑造的大侦探彼得·温西勋爵则被评为最受欢迎的男侦探。由此可见塞耶斯在侦探界的非凡成就和赫赫威名。

多萝茜·塞耶斯,著名的侦探小说大师,与阿加莎·克里斯蒂和约瑟芬·铁伊并称为侦探小说三女王。塞耶斯还是始建于1928年的英国侦探俱乐部的主要奠基人之一，起草过俱乐部的入会誓言，并从1949年起担任俱乐部名誉主席，直至去世。塞耶斯是英国第一批被授予学位的女性，1920年先后获得牛津大学学士和硕士学位。在进行侦探小说创作的同时，她还在广告公司从事文案工作，由她和著名广告人约翰·吉尔罗伊为吉尼斯黑啤共同打造的巨嘴犀鸟形象的广告堪称广告发展史上最经典的海报广告。此外，塞耶斯还从事神学和宗教研究，翻译意大利诗人但丁的作品，并进行戏剧和儿童文学创作和编辑，在这些领域都成果颇丰。

天赋异禀，加上勤耕不辍，塞耶斯似乎涉足任何领域都能取得成功，但只有侦探小说让她名声大噪。年届三十的塞耶斯决定写侦探小说的目的只有一个，即靠稿费获得经济独立。当时的塞耶斯职场、情场两失意，恰逢侦探小说的第二个黄金时期，于是审慎考虑后决定跨入这一领域。在悉心研读前辈侦探作家的作品，尤其是爱伦·坡、威尔金·柯林斯、柯南·道尔等侦探大师的作品后，塞耶斯很快就深谙此道，第一部侦探小说《谁的尸体》牛刀小试，便大受欢迎。

从1923年至1937年间，塞耶斯在其系列长篇小说和21则短篇中塑造了无所不能的神探彼得·温西勋爵。1939年宣布不再创作侦探小说时，塞耶斯已经赚得盆满钵满。除了温西勋爵，塞耶斯还在短篇小说中塑造了另一位业余侦探、酒品销售员蒙塔古·埃格，本选集中的《命中目标》《小旅馆谋杀案》《杏仁利口酒》《座钟的秘密》和《教授的手稿》

就是埃格破案的故事。

相较于其他文学体裁，侦探小说的模式较为固定，想要逃脱窠白推陈出新，实属不易，想要独树一帜，更是寸步千里。但塞耶斯不仅都做到了，而且都做得非常成功。首先，塞耶斯文学素养深厚，文笔优美雅致，且乐于尝试不同的写作风格，读者通过本选集的10则短篇可以窥见一斑。其次，塞耶斯设计的情节既承袭了侦探小说的俗套，又时常出人意料，同时巧妙地把控给读者提供线索的节奏和侦探破案的过程，既让读者保持浓厚的兴趣，又不能让读者比侦探更早知道答案而兴致索然。这一点塞耶斯在其短篇小说中发挥得尤为炉火纯青。比如在《消失的海伦》中，急于从姐姐家搬走的苏珊·塔比特终于找到一份新工作——在一户偏远人家做女仆，但从看到主人家大门的那一刻起，苏珊的所见所闻都异常诡异，每一点诡异之处似乎都指向谋杀，令人毛骨悚然。为了自保，苏珊仓皇逃走并报警。正当读者为苏珊感到庆幸并期待凶案大白于天下时，小说结尾处却再次反转。能在短篇中把故事讲述得跌宕起伏，提供线索的节奏又恰到好处，塞耶斯真不愧是侦探大师。

塞耶斯创造的虚拟世界里生活着形形色色的人物，喜欢塞耶斯的读者都能在她的作品中找到自己喜欢的人物，主角配角几乎都有自己的独特之处，在本选集的10则短篇中，帮助警察破案的人物就各有不同，除了温西勋爵和埃格外，还有记者、无名作家、律师助理、理发师等，每个人物都鲜活生动。塞耶斯在塑造人物方面最擅长的手法是活灵活现的对话，通过对话发现蛛丝马迹，更通过对话展现人物内心。而且塞耶斯小说中的对话有一个共同特点，即内容广博，几乎无所不包，对话中经常引经据典，但又没有卖弄学问之嫌，充分展示出塞耶斯的渊博学识和写作功力。比如，在《以齿为证》的开篇，温西勋爵找牙医兰普卢先生补牙，他们的一问一答既交代了病情，又显示出两人之间非同一般的关系，还自然而然地引出谋杀案。由于凶手是牙医，利用自己的专业技能制造了假象，温西勋爵和兰普卢先生联手破案的过程中使用了丰富的专业术语，尤其是最新的补牙技术，令人耳目一新。

塞耶斯塑造的侦探形象之所以广受欢迎，除了作为神探无所不能外，多层次、多棱角的丰满形象独异于人。比如，刚出场的温西勋爵是玩世不恭的富家公子，接受了良好的教育，品位不俗，从他的身上可以看出爱伦·坡笔下的杜邦、柯南·道尔笔下的福尔摩斯等广为人知的侦探的影子。但随着时间的推移，温西勋爵日益成熟，更加睿智，逐渐认识到人性的复杂，是非观不再非黑即白，善与恶之间的界限也不像之前那样清晰可辨，内心的矛盾和挣扎更使得原本扁平的人物形象变得圆润立体，与读者心中机智、冷静、审慎但缺乏人情味的侦探大为不同。换句话说，塞耶斯笔下的侦探既有过去也有未来，既有家庭责任心又有社会使命感，既有复杂的内心挣扎又有基本的宗教信仰，即一个普通人，一个完整的人。比如在《闹鬼的13号楼》中，喜得贵子的温西勋爵已经连续24小时未曾合眼，但为了帮助遇到麻烦的警察，便决定立马投入工作，从中可以看出温西勋爵的无私和热忱；工作前温西勋爵决定洗个热水澡并换一下衣服，这原本可以一笔带过，但塞耶斯却不惜用了六七百字，可谓浓墨重彩，温西勋爵漫长而精心的寻找、挑选、搭配服饰过程既显示了他的日常家庭生活、他与妻子的关系等丰富信息，又展现了他初为人父的复杂心理；最终帮警察揭开谜底时，原本可以纵情玩乐的温西勋爵突然意识到自己已是有家有口之人，照应了前文中荣升人父后感觉自己应该有所改变的心理活动。这样有血有肉的侦探形象，在世界侦探史上应该都不多见。在事实上，正是通过人物塑造，塞耶斯成功地突破了传统侦探小说的模式和界限。

故事情节的巧妙设计、人物形象的生动鲜明、细致入微的细节描写和活灵活现的对话，这些元素加起来已足以让塞耶斯的作品成为侦探小说中的翘楚，然而塞耶斯并不满足于此，在漫长的创作生涯中从未停止过对严肃主题的思索和探究——女性的社会地位，工作的重要性，善与恶的界定，无辜与有罪的性质等，都是塞耶斯小说中经常涉及的主题。在她早期的作品中，罪犯大都是清一色的损人利己、冷酷无情的坏蛋，而在她后来的小说中，十恶不赦的罪犯几乎没有，善与恶的界线越来越模糊。他们看上去冷漠，但并不是毫无人性的恶魔，而是身陷自身无法超越的困境。从他们身上可以看出塞耶斯在其神学著作《造物中的思想》中表达的观点：每个人的境况都和人性有关，人性中的恶根植于人性中的善，而人性中的善可以拯救人性中的恶，但却无法根除恶。譬如，对于犯罪之人，其他人是否负有责任？罪犯最后走上犯罪道路，其他人在什么样的情况下起到了推波助澜的作用？

有些案件即使破了，但其结果就一定比不破更好吗？

塞耶斯通过对道德、人性、女性尊严等复杂问题的探索，开创性地拓展了侦探小说这一文学种类的范畴和深度。塞耶斯曾明确指出，侦探小说的魅力之一就在于让生活中面临众多问题和烦扰的读者在小说中感受到任何问题最终都能圆满解决的成功和愉悦。她后期的小说依然给读者提供小说情节赖以进展的谜题答案，如谁是凶手，如何行凶等，但蕴含着更为丰富的学术内涵和强烈的宗教情怀，对于破案以外的很多问题，书中并没有明确答案。譬如，在《抉择》中，年轻的医生选择了先从大火中抢出自己的研究成果，却耽误了拯救管家的宝贵时间，导致后者葬身火海，虽然他的研究成果使得很多人免除病痛，但他的大好前途却因自己的选择而被葬送；律师助理在车祸中为了拯救婴儿而放弃了刚刚拿到的证物，从而失去了帮助被告洗清罪名的唯一可能性，结果被告被处死，而律师助理救出的婴儿长大后因杀了两个小女孩也被处死。这样的抉择，每个人都有自己的标准，但当事人只有一次机会，面对生死，瞬息间哪种选择其实都很无比艰难。30年代末期，塞耶斯明显感觉到侦探小说已经无法满足她对严肃而深刻的问题的探索，因此转而投向神学及宗教的研究，尽管她的很多读者更愿意她继续写温西和哈丽特的故事。

在宣告不再进行侦探小说创作时，塞耶斯在该领域已经留下不可磨灭的印记和贡献。她笔下那一个个虚拟的世界离我们越来越远，但直到今天她的小说依然拥有大量读者。值得强调的是，塞耶斯最了不起、同时也最容易被忽略的地方就在于打破侦探小说"纯粹解谜"之窠臼,大大提升侦探小说的艺术价值,使侦探小说跻身于现代主流小说的行列。正因为如此,在同时代的侦探小说家逐渐销声匿迹时,塞耶斯却能名留青史。

塞耶斯侦探小说的深厚功力在其短篇故事中表现得更为出色,因此阅读塞耶斯的短篇小说不失为走近塞耶斯、享受智力挑战和愉悦的捷径。除了上文提到的短篇外,本选集还包括《绝对不在现场》《无心之矢》和《理发师巴德先生的妙计》等短篇侦探小说。本选集中的10则故事都是塞耶斯在其创作生涯的中后期完成的,其中半数以上是在她去世后才见诸于世。作为塞耶斯短篇中的上乘之作,该选集集中体现了塞耶斯的写作风格和创作理念,值得反复阅读,细细品味。

Contents

闹鬼的 13 号楼　1

以齿为证　30

绝对不在现场　50

小旅馆谋杀案　71

杏仁利口酒　88

理发师巴德先生的妙计　106

无心之矢　126

座钟的秘密　144

教授的手稿　160

闹鬼的13号楼
彼得·温西勋爵的故事

"天哪!"勋爵惊讶地问道,"这是我的孩子吗?"

"所有的证据都指向你!"他的妻子答道。

"那么我只能说,这么多有力的证据竟然得出这么荒唐的结论,真是闻所未闻。"

那个护士似乎陷入了沉思,语气中带着几分责备说:"他是一个很漂亮的男孩。"

"嗯,"彼得小心地扶了下眼镜,说道,"好吧,你是专家证人,把他交给我吧。"

护士半信半疑,担心这位父亲没经验,却只能照做。看到他熟练地接过孩子时才如释重负;因为,毕竟在一个阅历丰富的人身上,这并不意外。彼得勋爵小心翼翼地坐在床沿。

"你觉得这样抱对吗?"他焦急地问。

"当然,你做什么都很在行——只是被许多光芒掩盖,你并不知道。"

"我觉得很标准。"哈里特懒洋洋地回答。

"太好了!"他突然转向那个护士,"好!我们决定留下他。把他安置好,花销记在我账上。哈里特,或许对你来说,他只是件有趣的附属品,但他以后一定会很出色的。"他的声音有点颤抖,在过去的24小时里,他一直在尝试,并做出了人生最艰难的抉择。

医生刚从别的房间过来,恰好听到了最后一句话。

"这种可能性几乎为零,你个笨蛋,"医生笑着说,"他以后也就是这样,所以你最好离他远点。"他径直走进门。"去休息吧,"他体贴地说道,"你看起来很疲倦。"

"我很好,也没做什么事。看这里——"彼得指向隔壁房间不悦地说,"告诉你的那些护士,我的儿子,我想抱就抱。如果他妈妈想亲他,想亲就亲。我家不需要多管闲事的护士。"

"好吧,随你喜欢!"医生答道,"这一切也是为了你好。我相信一些健康防护措施能增强抵抗力。不了,谢谢,我不喝酒。我还得去下一个地方,喝酒会削弱自信。"

"下一个地方？"彼得有点吃惊。

"还要去看另一位产妇，又不只你们一家生孩子。每分钟都有人出生的。"

"天哪！真是个奇妙的世界。"他们下了楼梯，正好看见大厅里一位侍从打着哈欠在轮值。

"好吧，威廉，"彼得把医生送出门时说道，"那你快去吧，我来关门。老伙计，晚安，也谢谢你。很抱歉，刚才凶了你。"

"她们经常这样，"医生冷静地回答，"好吧，再会。以后再顺道来拜访，我现在得去赚钱了，希望你们不再需要我。这个家族很显赫，娶得不错，恭喜你。"

在严寒中经历了漫长的等待，汽车终于驶离，飞溅的水花表达了它的抗议，独留彼得一人在门口。一切尘埃落定，他终于可以好好睡一觉了，却感到异常清醒。他本来想参加一个派对的。他背靠着一根栏杆，点了根香烟，茫然地凝视着广场上昏黄的灯光，没想到看见了一个警察。

那个穿着蓝色制服的身影从南奥德利街的方向出来。他也在抽烟，边走路边抽烟，不像警察步伐沉稳，倒像迷路的人般踌躇不前。当他走近时，已经把帽子摘下了，困惑地揉着头。由于职业习惯，他锋利的目光扫过那个光着头，穿晚礼服的绅士，凌晨三点钟孤零零地站在门口的台阶上。但由于这位绅士看起来很冷静,并没有任何犯下重罪的迹象,他转移了视线,准备继续走。

"早上好,警官!"当他路过身旁的时候,那个绅士开口打了招呼。

"早上好,先生。"警察礼貌地回复。

"你下班很早,要不要进来喝一杯?"彼得不打算就此打住,想找个人聊聊天。

这个提议重新引起了警察所有的怀疑。

"谢谢,但我现在没空。"警察带着一丝戒备回答。

"是的,就是现在。这才是重点。"彼得抛出烟头,在空中划出了一条红色的抛物线,落在人行道上,溅出几点火星子。"我刚得了一个儿子。"

"哦,啊!"这无厘头的自信使警察放松了戒心,"你第一个儿子吗?"

"也是最后一个,如果我能做主的话。"

"我哥哥每次也这么说,"警察回答,"'这是最后一个',但他已经有十一个孩子了!好吧,先生,祝你好运。我了解你的心情,也谢谢你的邀请,不过队长说我最好不要喝酒。我晚餐喝了点啤酒,现在即使我快死了,也绝不沾一滴酒。"

彼得侧着头揣度他的话。

"队长说你醉了吗？"

"是啊！"

"你觉得你没醉？"

"不，先生。我看得清清楚楚，绝对没有胡说，尽管很多事情我现在解释不清楚。但我没醉，先生，我很清醒。"

"那么，"彼得说，"正如约瑟夫·瑟菲斯勋爵对迪莎夫人所言，令人困惑的是你自己无辜的意识。他在暗示你，你其实很想喝酒——最好进来喝一杯吧，你会感觉好点的。"

警察开始犹豫。

"好吧，先生，我不知道。说实话，我有点震惊。"

"我也是，"彼得说，"来吧，看在上帝的份上，陪陪我。"

"好吧，先生。"警察重复了一遍，慢慢地登上台阶。

大厅壁炉里的原木在灰烬中发出深红色。彼得把它们分开，新燃的火苗从中窜出。"你先坐，"他说，"我一会儿就回来。"

警察坐下来，脱下帽子，盯着他，试图回忆是谁住在广场拐角处的那所大房子。壁炉架上的银碗刻着盾形纹章，椅子后面的绣帷颜色繁复，但他也看不出所以然：三白老鼠在黑色的地板上跳跃。彼得悄悄地沿着楼梯下面的阴影中返回，正好看见他正用一根粗手指描着纹章的轮廓。

"对纹章有兴趣吗?"他说,"十七世纪的工艺还不是很精湛。你是刚调到这儿的,是吧?我叫温西。"

他把托盘放在桌子上。

"如果你想喝啤酒或威士忌,尽管说。这些只是我临时拿的。"

警察好奇地盯着这些长颈的酒瓶和凸起的银色软木塞。"香槟?"他惊讶,"先生,我没有喝过香槟,但我想尝一下。"

"你会发现这酒很淡,"彼得说,"但是如果喝得够多,你会主动告诉我你的故事。"软木塞"啪"的一声弹出,香槟的气泡喷到大玻璃杯里。

"好吧!"警察说道,"先生,这杯酒敬你贤惠的妻子和未来的年轻绅士,祝他们长命百岁,一切顺利。这酒有点像苹果酒,是不是,先生?"

"你才喝了一点,三杯之后再跟我聊它的味道吧,如果那时候你还没醉的话,也谢谢你的祝福。你已经结婚了?"

"还没有,先生。本来希望当我升职的时候,可以事业爱情双丰收。要是队长相信我就好了——现在一切都落空了。冒昧问一句,先生,你结婚很久了吗?"

"才一年多。"

"啊!先生,那你觉得婚姻幸福吗?"

彼得笑了。

"过去二十四小时,我一直在想为什么。当我拥有一个翻身的绝佳机会时,我竟然这么傻,用一场婚姻来冒险。"

警察同情地点了点头。

"我明白你的意思,先生。在我看来,生活就是这样。如果你不冒险,你将一事无成。如果你勇于尝试,可能也会不顺利,那么你怎么办?而且,很多事情总是猝不及防,你根本想不到。"

"非常正确!"彼得十分赞同,说着又斟满了一杯酒。他发现警察很会安抚人。由于警察的阶级和受过的训练,心情不好的时候,会本能地想要一个普通人的陪伴。其实,最近的家务事使他的精神高度紧绷,快要崩溃了。像归巢的鸽子一样,他快速地走向管家的食品储藏室。在那里,大家都对他很好,还允许他清洗银器。

睡眠不足,又喝了香槟,可他的头脑却异常清醒,他注视着警察喝完宝禄爵香槟1926的一举一动。喝完第一杯,谈起了人生哲学;第二杯,说出了个名字——阿尔弗雷德·伯特——暗示了对队长的不满;第三杯,意料之中,他说出了这个故事。

"你说得对,先生,"警察说,"我就是新来的,才来一周,这就是为什么我不认识你,也不认识大多数住在这里的居民。杰索普认识所有的人,平克也是,但他已经调到其他部门了。你应该记得平克吧——块头几乎是我的两倍,满脸胡茬。我想,你应该记得的。"

"好吧，先生，正如我刚才所说的，我大体上了解这个地区，但不是了如指掌，这么说可能有点傻，但这并不影响我的所见所闻。我确实看见了，我没喝醉，也没发酒疯。至于看错了一个数字，这是人之常情吧。而且，先生，我确实看见13了，就像现在看你的鼻子一样清晰。"

"不要言之过甚。"彼得嗤之以鼻。

"先生，你知道梅里曼街吗？"

"我想我知道。这不是南奥德利街后面那一条长长的死胡同吗？一边是一排房子，另一边是一堵高高的墙。"

"是的，先生。那些房子都差不多，又高又窄，有着深色的门廊和柱子。"

"是的。那条街仿佛是从皮姆利科最糟糕的广场中逃离出来。很恐怖！幸运的是，我相信它永远不会完工，否则我们将在对面看见另一排畸形的建筑。这房子是纯粹的十八世纪风格。你有没有想起什么？"

警察环视整个宽敞的大厅——亚当壁炉和镶板上装饰着优雅的浅色贴面木线，三角楣饰门廊，高端的圆头窗户照亮大厅和画廊，比例完美的楼梯。他正在大脑里搜索适合的形容词。

"这是一个绅士的房子，"他终于发声，"小声点，我的意思是，在这里，不能太粗鲁了。"他摇了摇头。"别介意，我也觉得不舒服。我也不会选择在这里穿着短袖衬衫，吃着烟熏鱼干。但这里是有阶级的地方。我之前从未想过,但现在你提到它,我就发现梅里曼街那些房子的问题所在了。它们有点被挤压的感觉。我今晚去那里看了好几家,就是如此。但我要告诉你这件事。"

"午夜的时候,由于工作需要我去了梅里曼街。当我快走到尽头时,看到一个鬼鬼祟祟的家伙在墙边。你知道,先生,那里有一个后门通往花园,这个家伙一直在走廊里徘徊。他相貌粗野,穿着松松垮垮的旧外套,可能是从堤坝逃过来的流浪汉。我把灯光照向他——那条街光线不太好,况且是深夜——但我看不太清楚他的脸,因为他戴着一顶破破烂烂的旧帽子,脖子上还围着一条大围巾。我以为他不怀好意,正要问他在那里干什么,这时我听到一声可怕的叫喊声从对面的房子里传出来。'救命!杀人啦!救命啊!'真的很恐怖,令人毛骨悚然。"

"是男人的声音还是女人的声音?"

"我想应该是男人的声音。与其说是叫喊声,不如说是咆哮,如果你明白我的意思。我问:'喂!上面发生什么了?是哪栋房子发出来的?'那家伙什么也没说,但他指了指,然后我们一起跑了过去。我们刚到房外,就听到里面的嘈杂声,好像有人被勒死,然后'砰'的一声,可能是什么东西砸在了门上。"

"天呐!"彼得大吃一惊。

"我大声呼叫并按响了门铃。'有人吗?'我问,'这儿发生了什么事？'然后我敲门，没人应答，所以我继续按铃敲门。那家伙一直跟着我，他趴在信箱的缝前，眯着眼朝里看。"

"房子里有灯光透出来吗？"

"里面一片漆黑，先生，除了门上的楣窗透着点光亮。当我抬头时，我看到门牌号——13，清清楚楚地挂在横楣上。嗯，那家伙一直往里窥探，突然发出一阵咯咯的笑声并往后退。'这里！'我说，'有什么不对吗？让我看一看。'所以我也把眼睛对准那条缝往里看。"

警察停顿并深呼吸了一下。彼得打开了第二瓶酒。

"现在，先生，"警察说，"你信不信，那一刻，我和现在一样清醒。我可以告诉你我在房里看到的一切，就好像详细地记载在墙上一样。因为缝很小，所以眯着眼睛也只能看到一些，我勉强可以看到大厅和两侧的一小片区域，还有一部分楼梯。这就是我所看到的，和随后发生的事有关，你认真听。"

他又喝了一大口香槟，停顿了一会儿，继续说道：

"我能清清楚楚地看见大厅的地板。黑白相间的菱形，就像大理石一样，向后延伸了很长一段。大约在一半的位置，左边是楼梯，铺着红地毯，楼梯脚是一个白色裸体女人的身影，手里抓着一大盆蓝色和黄色的花。靠近楼梯的墙上有一扇门敞开着，一个房间亮着灯。我可以看到桌子的一端，上面有许多玻璃和银器。在那扇门和前门之间，有一个很大的黑色柜子，上面印着金色的图案，闪闪发亮，就像他们在展览会上展出的一样。大厅的后面很像温室，我看不到里面是什么，只是色彩看起来很明快。右边有一扇门，也是敞开着的。我可以看到一个装修精美的客厅，墙上挂着浅蓝色的纸张和画。大厅里也挂着几幅画，右边的桌子上有一个铜碗，好像是为客人准备的。现在，先生，我把看到的都告诉你了，如果这一切不存在，我怎么能描述得如此清楚呢？"

"我听人们说过那里，"彼得若有所思地说，"但是很少有这样的事情。我听说过有老鼠、猫和蛇，偶尔也听说有裸体的女人；但是油漆柜和大厅的桌子还是头一次听说。"

"就像你说的，先生，"警察同意了，"我看你现在是相信我了。但还有些问题，你会发现并没有这么简单。一个男人躺在大厅里，我确信他已经死了，就像我确信自己坐在这里一样。他身材魁梧，胡子刮得很干净，穿着晚礼服，被人用刀刺入喉咙。我甚至能看见刀柄——看起来像一把切肉刀，血已经流尽了，在大理石地板上很刺眼。"

警察看着彼得，把手帕递过去，然后喝了第四杯香槟。

"他的头撞在桌角，"他接着说，"那么他的脚一定是顶着门，但因为信箱底部的遮挡，我看不到离我很近的地方。你懂的，先生，我是通过信箱的铁丝支架看的，里面有几封信，我想就是这些信阻挡了我的视线。但我能看见前方和两侧的一小部分；而且，正如他们所说，这些场景已经映在我的脑海里，因为我想我只看了不到十五秒钟。然后所有的灯瞬间熄灭了，好像有人关掉了主开关一样。所以我环顾四周，我不介意告诉你，我觉得有点奇怪。当我环顾四周，果不其然！那个戴着围巾的家伙已经不见了。"

"他一定有问题！"彼得说道。

"不见了，"警察又重复了一遍，"我还在那里。先生，就是在那里，我犯了个大错误，因为我想他一定走不远，于是我就沿着他背后的那条街寻找。但我看不见他，路上连个人影也没有。所有的房子都是黑漆漆的一片，只要发生一点古怪的事情，我都会察觉到，即使没人会注意。就连我在门口呼喊和敲打一样，你都会觉得这样像叫魂，更不用说那种可怕的尖叫声了。但是，先生，你自己或许已经察觉到奇怪之处了：一个男人躺在地上，家里的窗户还敞开着，烟囱还冒着烟，你肯定会试图叫醒他，引起他的注意，每个人都会这么做。他睡得很熟，邻居说：'那一排房子发生爆炸了，但不关我的事！'然后又回被窝睡大觉。"

"是的，"彼得说，"伦敦就是这样。"

"是的，先生。乡村和伦敦不同，连捡起一根别针，都一定会有人问你这是从哪来的——但伦敦人就是这样……好吧，有些事情必须做，我这么想着，于是吹起了口哨。他们都听见了，于是沿街的窗户都打开了。这也是伦敦。"

彼得点了点头。"即使是最后的审判日，伦敦人也能酣睡一整夜。无论是血气方刚的年轻人还是步履蹒跚的老人家，都会嗤之以鼻，装腔作势，盛气凌人。但是上帝从不感到惊讶，他会对他的天使说：'吹口哨把他们聚集起来，米迦勒，吹口哨吧；东西方的人们听到警察的口哨声，都会从睡梦中苏醒。'"

"的确是这样，先生。"警察说道，突然想到香槟里是不是加了什么东西。他迟疑了一会儿，然后继续：

"嗯，说来也巧，就在我吹口哨的时候，威瑟斯正好来见我——他在另一条巡逻路线——也就是奥德利广场。你知道，先生，我们有固定的碰面时间，安排每天晚上的任务；我们约定今晚12点在广场会面，所以他会来。街上每个人都从窗户探出头，想知道发生了什么事。当然，我也不希望他们蜂拥而出，而嫌疑人趁乱逃走，所以我只是告诉他们什么都没有，不过发生了一点意外而已。就在那时，我看见了威瑟斯，我很兴奋。我们站在街道的高处观望，我告诉他13号楼的大厅里有人死了，我觉得像谋杀。'13号，'他说，'应该不是13号吧！梅里曼街没有13号，你个傻瓜；这里门牌号都是双号。'确实是这样，先生，因为另一边的房子都还没建成，所以这条街都没有单号，除了街角的那栋大房子是1号。

"嗯，那让我有点震惊。我不是因为没有记住门牌号而感到沮丧，正如我告诉你的，我也是这周才开始负责这里的巡逻。其实，门牌号很清晰，就像楣窗上挂着一个圆形馅饼，我看得很清楚。我不明白怎么会出错呢！但威瑟斯听我说完后，他觉得我也许是把12号看成13号了。不可能是18号，因为这条街只有十六栋房子，也不可能是16号，因为我知道16号不在街道的尽头。所以我们猜想可能是12号或10号，于是我们又去看了看。

"我们没费什么劲就进去了12号楼。一位和蔼可亲的老绅士穿着他的长袍下来，问我们发生了什么，他能不能帮上忙。我为打扰了他而道歉，说我担心这附近可能出了事，他有没有听到什么？当然了，他一打开门，我就知道12号不是我们要找的；客厅是木板地，虽然小却擦得很干净，墙上装饰着一些简单的镶板——空荡荡的却很整洁——没有黑色的箱子也没有裸体的女人，什么都没有。老先生说，有的，他的儿子几分钟前听到有人在喊叫和敲门。他起床，头往窗外探了探，什么也看不见，但他们都觉得这声音像是14号楼又忘记带钥匙了。所以我们谢过他之后又去了14号楼。

"我们花了好一会儿工夫，14号的人才下楼。这是一位脾气暴躁的先生，我觉得有点像军人，但他原来是一个退休的印度公务员。皮肤黝黑，嗓门很大，他的仆人也很黑，有点像黑人。这位先生想知道这一排房子究竟怎么了，为什么连正派的市民都不能睡个好觉。他怀疑是12号楼的那个傻小子又喝醉了。威瑟斯不得不放了些狠话，最后那个黑人下来开门让我们进去了。好吧，我们不得不再次道歉。大厅一点也不像——首先，楼梯在另一边，虽然楼梯脚有一尊雕像，却是一个三头六臂的异教徒雕像，墙壁上满是各种黄铜制品和本地特产，你应该知道这种东西。地板上铺着一块黑白相间的油毡，大厅里就是这样。那个仆人态度挺温和的，但我仍然不是很喜欢。他说他睡在后面，主人摇铃叫醒他之前，他什么也没听到。然后那位先生走到楼梯口，大声说叫醒他也没用；和往常一样，这声音是从12号楼发出来的。如果那个年轻小伙子再不停止那些可憎的放荡行为，他就去告他的父亲。我问他有没有看到什么，他说，没有，没看见。当然，先生，我和另外一个小伙子都在走廊上，从这里根本看不见其他房子里发生了什么，因为很多房子都装了彩色玻璃。"

彼得打量着警察，又看了看瓶子，似乎在估计他喝醉的程度。深思熟虑一番后，他又把两个杯子添满了酒。

"好吧，先生，"警察喝了口香槟，提了提神后继续说道，"这时威瑟斯看了我一眼，神情很严肃。然而，他什么也没说，我们往回走到10号楼，里面是两个未婚女子，整个大厅都是鸟类标本和壁纸，看着像一个花店。睡在前面的那个人什么也听不见，睡在后面的那个人什么也看不见。但是我们问了她们的女仆，厨师说她听到了'救命'的声音，她以为是从12号楼传来的，她把头埋到枕头里开始祈祷。女仆很敏感。当她听到我敲门时，她向外张望。起初她什么也没看见，因为我们在走廊里，但她觉得一定出了什么事，但是，为了不想着凉，她回卧室穿上了拖鞋。当她回到窗口时，正好看到一个男人在路上飞奔。他跑得很快，一言不发，好像踩着风火轮，她只能看到他的围巾飘在身后。她看着他跑到街道尽头，又向右拐，然后就听到我跟在他后面。不幸的是，她的眼睛一直跟随着那个男人，没有注意到我从哪个走廊出来。好吧，不管怎么说，这说明我并没有编造整个故事，因为她确实看见了那个戴着围巾的家伙。女孩根本认不出他，但这并不奇怪，因为她也是刚来服侍老妇人的。而且，那个男人不太可能和这件事有关系，因为尖叫声响起时，他和我一起在外面。我想，他应该是不喜欢被人审视，所以我一转身，他就觉得离开会自在舒服点。"

"现在也没有必要麻烦你，先生，"警察继续说道，"因为该去的房子我们都去了。我们做了很多调查，从2号到16号，没有一栋房子的大厅符合我和那个家伙一起通过信箱看到的样子，也没有一个人能给我们帮助，因为他们提供的线索我们都已经知道了。你看，先生，虽然我花了一些时间来叙述，但一切都进展得很快。虽然叫喊声并没有持续几秒钟，但当时我们已经过马路走到门廊里了。接着，我又喊又敲，但没过多久，我就和那家伙一起通过信箱往里看。我看了大概十五秒钟，在此期间，那家伙沿着街道跑开了。然后我追他，还吹了口哨。整件事情可能就一分钟或一分钟半，不会更久了。"

"好吧，先生，当我们在梅里曼街挨家挨户调查时，我又感到有点奇怪。我可以告诉你，威瑟斯，他看起来很可疑。他对我说：'伯特，你在开玩笑吗？如果是这样，你应该去'搞笑王国'，而不是待在警局。'所以我又严肃地重复了自己所看到的一切，并告诉他：'如果我们能找到那个戴着围巾的家伙，他就能证实我的话。更重要的是，你认为我会冒着丢工作的风险，玩这么愚蠢的游戏吗？'他说：'好吧，这可问倒我了！要不是我知道你是一个稳重的人，我会以为你出现幻觉了。''幻觉？'我对他说，'我看见尸体躺在那里，脖子上架着一把刀，这对我来说已经够了。太可怕了，他瞪着双眼，血流满地。''好吧，'他说，'也许他并没有死，他们把他移走了。''而且把房子也清理了，我猜想。'我说。威瑟斯以一种异样的声音问道：'你确定是那所房子吗？赤身裸体的女人不会是你想象出来的吧？'如果是这样，那是件好事。我反驳：'不，不是。这条街上一定有见不得人的事，我要查个水落石出，就算把伦敦翻个遍，我也要把那个戴着围巾的家伙找到。''是的，'威瑟斯语气略带不快，'遗憾的是他离开得太突然了。'我说："你不能说他是我虚构出来的,毕竟,刚才那个女仆也看到他了,她真是做了件大好事,或许接下来你会说我应该在精神病院。'好吧,'他说,'我不知道你接下来会怎么做。你最好打电话到局里请求指示。'

"我照做了。琼斯队长亲自来了,他听得很认真,然后沿着街道慢慢地走,从街头到街尾。之后他折回来对我说:'现在,伯特,'他说,'你再描述一遍那个大厅,详细点。'于是我又描述了一遍,和刚才对您说的一样,先生。他听完后问:'你肯定房间在楼梯的左边,桌上有玻璃和银器,右边的房间里有图画吗?'我说:'是的,队长,我很肯定。'威瑟斯'啊'了一声,好像恍然大悟,如果你能明白我的意思。队长说:'现在,伯特,振作起来,看看这些房子。你没看见他们都是单朝向的?没有哪一栋房子的前厅是连着两间房间。看这些窗户,你个傻瓜。'"

彼得把剩下的香槟一倒而尽。

"我不介意告诉你,先生,"警察继续说,"我真是傻,怎么就没注意到这一点!威瑟斯早就注意到了,这就是为什么他认为我不是醉了就是傻了。但我坚持我所看到的。我说,一定有两栋房子在某个地方是相连的,但似乎也讲不通,因为我们已经挨家挨户去过了,根本没有所谓的隐蔽的门。'好吧,不管怎么说,'我说对队长说,'喊叫声肯定是真的,因为其他人也听到了。只要你去问,他们会告诉你的。'所以队长说:'好吧,伯特,我就再相信你一次。'于是他再次敲了12号的门——希望不要再去打扰14号——这次是他儿子下楼。他也是个和蔼可亲的绅士，没有一点愠色。他说，哦，是的，他听到了喊叫声，他父亲也听到了。'14号，'他说，'那就是麻烦所在。一个很奇怪的家伙，住14号，经常殴打他那不幸的仆人，我都见怪不怪了。外地人，你知道的！来自英国边境或偏远地区，都很鲁莽粗俗——经常打骂仆人影响附近居民。'所以我打算再去一次14号楼；但队长已经失去了耐心，吼道：'你很清楚不是14号，我觉得，伯特，你不是疯了就是醉了。你最好马上回家，'他说，'清醒点，下次见到你，希望你能给我一个满意的解释。'我争辩了也没用，队长离开了，威瑟斯也回到自己的巡逻岗位。我在街上焦急地来回走，直到杰索普来接班，然后我就走了，那时候我正好看见您了，先生。

"但我没有喝醉，先生，至少，那时候我很清醒，虽然此刻我觉得头脑一片混沌。也许这酒比想象中的烈。但我当时没醉，也没有神志不清。我见鬼了，先生，我一定是见鬼了。可能是很多年前有人在其中一间房子里被杀，这就是我今晚所看到的。也许他们因此而更换了门牌号——我听说过这样的事——当相同的夜晚来临，这些房子就会变成以前的模样。但是我的职业生涯从此有了污点，一个鬼魂去招惹一个普通人，真是太不公平了！我敢肯定，先生，你会同意我的看法的。"

警察的叙述持续了一段时间，老式落地大摆钟的指针已经指向了四点三刻。彼得·温西凝视着他的同伴,目光柔和,突然觉得很想帮他。他甚至醉得比警察还厉害,因为他没有喝茶,也没有吃晚餐;但酒并没有掩盖他的智慧,反而让他更兴奋了,睡不着。他说:

"那你从信箱往里看时,能看见天花板或者吊灯吗?"

"不,先生,你看,因为透过信箱,我只能左右看和向前看,但不能向上看,也看不到靠近地板的位置。"

"当你从房子外面看的时候,除了楣窗里透出来的一点光亮,房子是黑漆漆的。但是当你透过信箱往里看,左右的房间和后面的房间都亮着灯?"

"是这样的,先生。"

"房子有后门吗?"

"有的,先生。走出梅里曼街然后右拐,沿着那条小路走就能看见后门。"

"你的视觉记忆非常清晰。我想知道你其他方面的记忆力怎么样。比如,你能不能告诉我,你去的房子里有没有什么独特的气味?特别是10、12和14号楼?"

"气味吗?"警察闭上眼睛搜索记忆。"奇怪!有的,先生。10号楼,两位女士住的地方,有一股传统的味道。我不知道该怎么表达。不是薰衣草——而是女士在宴会等场合会携带的东西——玫瑰花瓣,也许不是。香包，就是那东西，香包。至于12号楼，好吧，没有什么特别之处，不过我认为这家的仆人一定很勤快，虽然除了他们家人，我并没有看见其他人。所有的地板和镶板都擦得铮亮，甚至能映出脸庞。还涂了蜂蜡和松节油，这些都是体力活。房子整洁舒适，气味清新。但14号楼截然相反，我不喜欢那味道。令人窒息，好像那个黑人一直在给那尊神像烧香，也许吧。"

"啊！"彼得若有所思地说，"你的话很有启发性。"他把两手指尖对顶，抛出了最后一个问题：

"去过国家美术馆吗？"

"没有，先生，"警察觉得出乎意料，"我没进去过。"

"也是在伦敦，"彼得说道，"我们是世界上最不了解我们伟大首都的人。我一直在想，解决这帮暴徒最好的方式是什么？现在打电话是早了点。不过，没有什么能比早饭前做好事更好的了。越快向你的队长证明越好。让我想想。我认为可以做到。虽然穿过时的衣服不是我的作风，但我的生活已经一团糟了，不管怎样，一次例外或多或少都无关紧要。在这儿等我一会，我去洗个澡换套衣服。可能需要点时间，所以要在六点前穿戴整齐赶到那里是不太可能的。"

一想起洗澡就令人振奋，但也许是考虑不周，因为他一接触到热水，一股疲倦感便侵袭而来。香槟带来的兴奋感也消失了。他费了好大力气才把自己拽出来，用冷水淋浴让自己清醒点。穿衣服是件麻烦事，需要好好想一想。他很快就找到一条灰色法兰绒裤子，尽管裤子有些地方皱得太厉害了，但他认为运气好的话别人不会注意到。穿哪件衬衫真是令人头疼。他喜欢收藏的衬衫，大多数是低调又绅士的款式。他犹豫了一会，本来想穿那件运动衣领的白衬衫，但最后还是决定穿那件蓝色的，当时抱着尝试的心态买下的，结果并不好看。红领带，如果他有这样的东西，会更令人信服。经过一番考虑后，他想起曾见妻子戴过一条相当宽松的橘色休闲领带。他觉得，如果能找到就戴那条领带吧。妻子戴着看起来相当不错；他戴着，应该会很俗气吧。他走进隔壁房间，发现里面空荡荡的，真是奇怪。一种奇怪的感觉涌上心头。他在这里，掠夺妻子的衣物，而她就在那里，和几个护士还有一个新生婴儿待在顶楼，却可望不可即，谁知道这一切是怎么了。他坐在玻璃杯前，凝视着自己。他觉得晚上的自己应该有点变化；但他只是看起来胡子拉碴，他想，还有有点醉了吧。此刻觉得这两件事都很美好，虽然不符合一个父亲的形象。他把梳妆台上的抽屉都拉了出来，散发出了似曾相识的香粉和手帕的味道。他又试了试大壁柜：连衣裙、套装和满满一抽屉的内衣裤，真是睹物思人。最后他找到了一副还算满意的手套和一双长筒袜。下一个抽屉放着很多领带，他心心念念要找的橘色休闲领带就堆在其中若隐若现。他戴上它，意外地发现这样搭配放荡不羁，别有一番味道。他恍恍惚惚地离开了，所有的抽屉都还敞开着，房间好像经历了一场洗劫。翻出了一件自己的老式花呢夹克，上面印着很俗气的图案，只适合在苏格兰钓鱼的时候穿，再配上一双棕色的帆布鞋。裤子束上一条皮带，翻箱倒柜地又找到了一顶旧的软檐毡帽，褪色很厉害，都辨不出它本来面目，扯掉了帽檐的脱线部分，决定还是把衬衫袖子卷起藏到外套的袖子里。考虑再三，他又回到妻子的房间，挑了一条蓝绿色的宽羊毛围巾。穿戴整齐后他才下楼，但是发现警察已经睡着了，张着嘴打鼾。

彼得受挫了。他在这里为这个愚蠢的警察忙活了半天，而这个人连基本的礼貌都没有，根本没看自己。然而，唤醒他也毫无意义。他打了个呵欠也坐下来了。

六点半的时候，侍从唤醒了两个正在沉睡的人。当看到主人奇怪的装束，又和一位警察在大厅里呼呼大睡，他很惊讶，但因为训练有素，并没有表现出任何异样。他只是来把托盘拿走。玻璃杯发出的轻微声响吵醒了彼得，他一直像只猫一样安安静静地睡着。

"早上好，威廉，"他打招呼，"我睡过头了吗？现在几点了？"

"早上好，先生，六点四十分了。"

"还好，"他记得侍从是睡在顶楼的，"威廉，西厅有什么动静吗？"

"是不太安静，先生，"威廉微笑着回答，"大约五点钟的时候，小少爷一直吵。但最后安静了,我从詹金护士那里了解到的。"

"詹金护士?是那个年轻的护士吗?威廉,你动作轻一点。我是说,你可以轻轻地戳下那个警察的背,叫醒他吗?我们待会有事要做。"

梅里曼街也迎来了新的一天。送牛奶的人穿梭在胡同里,自行车发出叮叮当当的清脆声;楼上的房间,灯光若隐若现;不时有双手拉开窗帘;10号楼前,那个女佣已经开始在阶梯上洗洗刷刷了。彼得支使警察去了街头。

"我不想第一次就和警方一起出现,"他说,"当我叫你的时候,你再过来。顺便问一下,12号楼那位和蔼可亲的绅士叫什么名字?我想他可能会对我们有所帮助。"

"先生,他叫欧·哈洛伦。"

警察满怀期望地看着彼得。他似乎已经放弃了所有的主动权,毫无保留地相信这个热情又古怪的绅士。彼得懒洋洋地走在街上,双手插进裤兜里,破旧的帽子潇洒地遮住眼睛。在12号楼前,他停下来观察了窗户。一楼的窗户都敞开着;应该有人醒了。他走上台阶,瞥了一眼信箱的缝,并按了门铃。一位穿着整洁的蓝色连衣裙、戴着白色帽子、围着围裙的女佣打开了门。

"早上好,"彼得微微地扶了下破帽子,问道,"欧·哈洛伦先生在吗?"他眼睛转了转又说道,"不是老哈洛伦,我指的是年轻的那一位。"

"他在家,"女仆疑惑不解,回道,"但是还没起床。"

"哦!"彼得说,"好吧,拜访的时间有点早。但我迫不及待地想见到他。我住的地方有点麻烦。你能不能发发善心,帮我求下他?我一路走过来的。"他补充道,一副可怜巴巴的样子,编造的理由却天衣无缝。

"真的吗,先生?"女仆惊讶,随后又友好地说道,"先生,你确实看起来很累,这是事实。"

"没什么,"彼得一本正经地说道,"只是我忘记吃晚饭了,但如果我能见到欧·哈洛伦先生,一切都是值得的。"

"您先进来吧,先生。"女仆说道,"我去看看能不能叫醒他。"她把疲惫不堪的陌生人引进屋子,还给了他一把椅子。

"我该怎么称呼您,先生?"

"彼得·温西。"他脱口而出。正如他所料,不论是这不同寻常的名字,还是大清早穿着怪异的不速之客,似乎都令人惊讶不已。女佣甚至连伞架都不瞥一眼就匆忙上楼了,把彼得留在大厅。大厅面积不大却很干净,墙上是一些镶板。

彼得一个人静静地坐着,注意到大厅里几乎没什么家具,只是靠前门的一盏吊灯照亮整个大厅。信箱是常见的铁丝支架,底部已用牛皮纸仔细封好了。一股煎腌肉的味道从屋后飘出来。

不久就听见有人跑下楼,是一个穿着睡衣的年轻人。他一过来就大声问道:"是你吗,斯蒂芬?我知道你姓威士忌。玛法又逃跑了吗,或者——到底怎么了?你究竟是谁,先生?"

"温西,"彼得温和地说,"不是威士忌,我是那位警察的朋友。我只是顺便来拜访,祝贺你掌握了虚假透视艺术,我以为这艺术继范·霍赫斯特拉腾之后便失传了,或者至少是在格雷斯和兰伯利特之后。"

"哦!"年轻人一脸愉悦,眯着眼,竖着耳朵,滑稽的模样像极了传说中半人半羊的农牧神。他懊悔地笑了:"我想我精心设计的谋杀案已经水落石出了。美好的事物总是不能持久。那些警察!我向上帝祈祷,希望他们给14号楼一个教训。我能问一下,你是怎么卷入这件事的呢?"

"我,"彼得说,"是那种连警察都会向我吐露烦心事的人——我也不知道为什么。当我想象那个健壮的蓝色身影,信服地跟着一个放荡不羁的陌生人,还被邀请通过一个孔窥视,头脑情不自禁地浮现出国家美术馆。有许多次,我眯着眼睛,侧着身透过那些洞窥视那个小黑盒,惊叹荷兰内景画的以假乱真、令人信服,虽然只是在一个四四方方的盒子里。你保持沉默是多么正确啊!因为你的爱尔兰腔会暴露你。我想,仆人也是故意不让人看见的吧。"

"我想知道,"欧·哈洛伦坐在大厅的桌子旁边,说道,"你能凭记忆说出伦敦这一片区域每个居民的职业吗？我的画下面并没有署名。"

"不能，"彼得说，"就像华生医生一样，警察也能观察细节，虽然无法从中进行推论，是松脂的气味出卖了你。我想警察第一次敲门的时候，这个设备离得并不远。"

"它被叠起来放在楼梯下，"画家回答道，"从那以后，它就被移到了画室。我父亲刚把设备移开，并取下楣窗上的'13'，那两个警察就来了。他甚至没有时间把我坐的这张桌子放回去；只要简单搜一搜就能在餐厅里找到它。我父亲是一个了不起的运动员；我很佩服他的沉着冷静，所以当我绕着屋子飞奔的时候，他留守在家里。这件事本来很简单，也很容易解释；但我的父亲是一个爱尔兰人，就喜欢挑战权威。"

"我想见见你的父亲。我还有一件事不是很明白，他为什么要精心策划这个阴谋？你是不是恰好在拐角处参与了一起入室盗窃案，并且把那个警察卷进去了？"

"这是我始料未及的，"年轻人带着遗憾说道，"不，那个警察不是预先设定的受害者。他碰巧出席了一场盛装彩排，然后我们开了个玩笑。事实是，我的叔叔是卢修斯·普勒斯顿先生，他是皇家艺术学会的。"

"啊！"彼得说，"事情渐渐有点眉目了。"

"我自己的绘画风格，"欧·哈洛伦继续说道，"是现代派。我叔叔已经跟我说了好几次，我的绘画风格一成不变是因为我不懂怎么画。

当时的想法是，邀请他明晚共进晚餐并鉴赏《13号》这个神秘的故事，讲述的是这条街时不时发出的奇怪声音及灵异闹鬼事件。于是我把他挽留到了近午夜时分，我本来打算送他到街头。当我们走在路上时，突然传来一阵哭声。我本来应该带他回去……"

"没事，"彼得说，"已经很清晰了。在最初的震惊之后，他应该不得不承认，你的作品见证了艺术界的成功。"

"我希望，"欧·哈洛伦说道，"可以坚守初心继续我的绘画。"他带着几分焦虑看着彼得。

彼得回道："希望如此。我也希望你叔叔的心是坚强的。但与此同时，我可以把我那不幸的警察朋友叫来，解除他的疑惑吗？有人怀疑他在值班时喝醉了，所以他很可能失去晋升的机会。"

"我的天哪！"欧·哈洛伦惊讶道，"我不希望有这样的事情发生。快叫他进来吧！"

难的是让伯特警察在白天认可他昨晚透过信箱所看到的。因为画布的框架，按透视法缩短和扭曲的形状和图案，他对此几乎不了解。只有当设备都搭好，在有窗帘的黑暗画室中重现这一幕时，他终于不情愿地相信了。

"太神奇了，"他惊叹道，"就像幻术师马斯基林和德文特一样。我真希望队长也能看到。"

"明天晚上把他引到这里,"欧·哈洛伦说,"让他来当我叔叔的保镖。你——"他转向彼得,"你似乎接近警察很有一套。要不你负责诱骗那家伙过来?你这饥肠辘辘、忧郁的流浪汉扮相和我昨晚有得一拼。你觉得怎么样?"

"我不知道,"彼得说,"这身衣服我穿得很痛苦。此外,这么对待警察真的好吗?我帮他解疑,但是涉及违法的事——该死的!我是一个顾家的人,我必须有责任感。"

以齿为证
彼得·温西勋爵的故事

"嘿，老兄，"兰普卢医生说，"今天有什么能为您效劳的吗？"

"哦，关照你的生意来了，我想，"彼得·温西勋爵坐在绿色天鹅绒的酷刑椅里，对着钻头做了个鬼脸，愤愤不平地说道，"左上方的臼齿疼得厉害，我快崩溃了。只是吃了一个煎蛋卷而已，真不明白为什么总挑这个时候疼，如果我是吃坚果或嚼薄荷糖，还能理解。"

"是吗？"兰普卢医生安慰道。他变戏法般地从彼得勋爵的左侧拉出一个带口腔镜的电灯，一气呵成，仿佛幻术师马斯基林和德文特一样；之后伸进口腔中探了一阵，又近乎粗鲁地从最深处拔出，"疼吗？"

"不疼，"温西勋爵暴跳如雷，"除非让这钻头也进去看望看望你的舌头。问题是，为什么疼得这么频繁？我没对它做任何事。"

"没有吗？"兰普卢反问道，带着几分医生的责任和朋友的关切。因为他是一位上了年纪的温彻斯特人，也是温西俱乐部的一员，年轻时两人经常一起打板球。"好吧，如果你马上闭嘴，我就来看看。啊！"

"不要这样大呼小叫，好像你发现下巴脓漏和坏死似的，还欣喜若狂，你个讨人厌的老食尸鬼。只要把它切开，再塞住，镇定点。顺便问一下，你最近在忙什么？为什么我在你家门口遇见了警察局督察员？你不要说他是来看假牙的，因为我看见他的中士在外面等他。"

"好吧，这件事确实很蹊跷，"兰普卢医生说道，一只手熟练地压着彼得，另一只手往牙洞中轻轻地塞进药棉，"我觉得我不应该告诉你，但如果我不告诉你，你也会从警察厅的朋友那里了解到。他们想看看上一任医生的诊断书。你应该也注意到了报纸上的那篇报道，在温布顿公园发现一名男性牙医死在起火的车库中。"

"真的吗——啊？"彼得惊讶道。

"昨晚，"兰普卢医生说，"他们花了三个小时才把火扑灭，九点钟才精疲力尽地离开。其中一个木制车库起火了——而最难的工作是控制火势，不要蔓延到屋子里。幸运的是，车库在最后一排，家里也没有人。显然这个男人普伦德加斯特是一个人住的——只是去度假或做其他事——他昨晚人为把自己和他的汽车还有车库都点燃了，最后被烧死了。其实当警察发现他的时候，已经烧得面目全非，根本不能确定是他。由于例行公事，注重细节，所以他们查看了下死者的牙齿。"

"哦，是吗？"温西问道，眼睁睁地看着兰普卢医生又一次把钻头伸入牙槽，"没有人试着把火扑灭吗？"

"哦，有的——但那是一个装满汽油的木棚，简直像篝火一样熊熊燃烧。头偏这边一点。很好！"金属碰撞发出乒乒乓乓的声响，"事实上，他们似乎认为有可能是自杀。他已婚，有三个孩子，坐过牢等，生活一团乱。"又是一阵乒乒乓乓的声响。"家人在沃辛市，和岳母或其他人住在一起。如果我弄疼你了就告诉我。"金属碰撞声响起，"但是我不认为他自杀还如此精心设计。当然，他在装汽油时也很可能出事故。我想他那天晚上是准备出发和家人会合的。"

"啊——哎哟——哦——哦——啊？"温西十分自然地询问。

"我为什么这么说？"兰普卢医生依据他长期的经验开始喃喃自语。"好吧，只是因为我接任的那位老兄正好是他的牙科医生，"乒乒乓乓，"他过世了，但是把他的诊断书都留给我作为指导，以防万一，这样他原来的患者应该会信任我。"乒乒乓乓。"抱歉。弄疼你了吗？事实上，有些病人确实如此。我想，当你在痛苦中，像垂死的大象，也会选择去老地方看医生的，这是一种本能。要不要漱个口？"

"我明白了，"温西把嘴里的碎屑清洗干净后，用舌头探了探残缺的臼齿，说道，"这些龋洞好像一直这么大，好奇怪啊！我感觉仿佛能容得下我的头了。不过，我想你知道该怎么补。普伦德加斯特的牙齿好吗？"

"我还没来得及翻出他的病例，但我打算一检查完你的牙齿，就静下心去研读一下。不管怎样，现在是我的午饭时间，我二点钟的病人还没来，谢天谢地。她通常带着五个被宠坏的孩子，他们争着围坐在器械旁，东张西望，还会摆弄几下。上次其中一个小孩乱跑，差点就被隔壁的X光装置电死。而且她认为孩子治疗牙齿应该半价，如果帮了她，她还会得寸进尺。"又是一阵乒乒乓乓的声响，"不错，很好。现在我们可以上药并暂时休息一下。请漱口。"

"好，"温西说，"看在上帝的份上，帮我把牙齿弄得牢固点，别用太多难闻的丁香酚（可缓解牙痛），我不想吃晚饭时还有一点点味道。你想象不到吃鱼子酱配丁香酚，真的很恶心。"

"不用吗？"兰普卢医生说，"你可能会觉得有点冰凉。"注射药剂的声音。"请漱一下口。我把敷料放进去你就会感受到。哦，你没感到冰凉吗？好吧，那说明神经没问题，只是有点长而已。往那边一点！好，你现在可以卜来了。再漱一次口？当然。卜次什么时候来？"

"别傻了，老朋友，"温西说道，"我马上和你一起去温布尔顿。如果我开车送你，你可以省一半时间。我从来没有在车库里见过焦尸，想去积累积累经验。"

车库里的焦尸没有什么真正吸引人的地方。即使温西实战经验丰富，一时也不太适应躺在警察局停尸板的那具尸体。尸体面目全非，连法医都脸色苍白，兰普卢医生也在努力克服自己，他不得不放下带过来的医书，退到空旷处平复情绪。与此同时，温西勋爵已经取得了与警方的相互信任和尊重，若有所思地翻看着那一小堆烧焦的零碎物件，这些都是从普伦德加斯特口袋里找到的，里面也没什么值得注意的东西。皮革钱包里还放着相当厚的一沓烧焦的纸币——无疑是为了去沃辛度假而准备的现金。那只漂亮的金表（显然是一种身份的象征）正好指向九点七分。温西勋爵注意到这只表几乎完好无损，它被保护在左臂和身体之间——这样似乎就解释得通了。

"看起来好像大火一爆发就把他完全困住了，"督察员分析道，"显然，他没有试图逃出去。他只是朝前倒在方向盘上，头埋在仪表盘上。这就可以解释他为什么面目全非。爵爷，如果你感兴趣的话，我现在就带你去看看这辆车的残骸。如果另一位先生感觉好些了，我们不妨先检验下尸体。"

尸检是一个漫长且令人讨厌的过程。兰普卢医生努力克服自己，鼓起勇气拿出一副镊子和一根探针，战战兢兢地越过下巴——伸到由于大火灼烧而裸露在外的骨头，法医则在一旁查阅他的病历。普伦德加斯特先生的牙齿治疗史长达十多年，在他第一次找兰普卢接任的医生治疗之前，已经补过两三次牙，这些都清清楚楚地记录在病历中。

漫长的检查结束时，一直埋头做记录的法医也正好抬头看了看。

"好，现在，"他说，"我们再检查一遍吧。我想，我们对他目前的口腔状况已经有了相当准确的了解，再检查一遍以保万无一失。他总共应该补过九次牙。右下方的智齿、臼齿及右上方第一颗和第二颗双尖牙都是银汞合金充填修复的；右上方的门牙镶了齿冠，对吗？"

"我想是这样的，"兰普卢医生说，"可惜右上方的门牙好像不见了，可能因为齿冠松动而脱落了吧。"他谨慎地探查，"下巴很脆弱——我根本不能做任何检查——但没有东西顶着它。"

"我们或许能在车库里找到齿冠。"督察员建议道。

"左上方的犬牙是烤瓷牙，"法医继续说道，"左上方第一颗双尖牙、左下方第二颗双尖牙以及左下方的臼齿都是银汞合金充填修复的。左下方的臼齿修复已经有十三年之久了。好像就是这些了。没有缺牙，也没有人造假牙。这个人年龄多少，督察员？"

"大概四十五岁，医生。"

"和我年龄相仿，有一副好牙齿真的太幸福了！"法医感慨道。兰普卢医生表示十分赞同。

"我也同意，这应该也是普伦德加斯特先生的愿望。"督察员说道。

"我想，这是毋庸置疑的，"兰普卢医生回答道，"不过我还是想找到失踪的齿冠。"

"那么我们最好绕道进屋子，"督察员说，"嗯，是的，谢谢您，爵爷，我不介意乘电梯进去。这里有几辆汽车。好吧，现在唯一的问题是，到底是意外还是自杀。爵爷，往右边拐，然后第二辆车左拐——我边走边跟您说说情况。"

"这位牙科患者有点不同寻常。"他们一踏入有点凌乱的房子，兰普卢医生就观察到了。

督察员露出痛苦的表情。

"我和你想法一致，先生，看来是普伦德加斯特夫人劝他来这里的。这样对孩子们好，虽然做法不太好。如果你问我，我想说，假设自杀成立的话，他的妻子存在很大争议。我们到了。"

最后一句话几乎没有必要。因为在一排风格类似的房子尽头，一小群人围在一幢小型独栋别墅的门口。花园里一堆凄凉的残骸还散发出阵阵焦味，令人作呕。在围观者的纷纷议论下，督察员和同行者推开大门走进去。

"那是督察员……那是麦格斯医生……那位拎着小包的应该也是医生……那个戴眼镜的男人是谁？……看着像体面的贵族，是不是，弗洛丽？……为什么他是个卖保险的……唔！看他那豪华的汽车……他的钱都花在车上了……那是劳斯莱斯，准确地说……不，傻子，那是戴姆勒……哦，好吧，最近到处都是它的广告。"通往花园的小路上，温西一直不合时宜地咯咯发笑。直到看见车库里到处都是黑乎乎的残骸，那辆汽车只剩烧焦的骨架时，他瞬间清醒过来。两位警察拿着筛子蹲在废墟中，站起来敬礼。

"进展得怎么样，詹金斯？"

"还没有什么重要发现，警官，只找到一个乳白色烟嘴。这位先生，"他指向一位粗壮结实、戴眼镜的秃头男人，正蹲在破损的车身旁，说道，"是托利先生，在汽车制造厂工作，他是警司委派过来协助调查的，警官。"

"啊，好的。托利先生，您对这个案件有什么看法？这位是麦格斯医生，您知道的。兰普卢医生，彼得·温西勋爵。顺便说一下，詹金斯，兰普卢医生已经检查过死者的牙齿，他正在寻找一颗丢失的牙齿，你看看能不能找到。现在，托利先生？"

"还不太确定大火是怎么发生的，"托利先生若有所思地剔着牙，说道，"这些小轿车，经常由于想不到的故障而出人命。你看，前面有个油箱，看着好像仪表板后面有点漏油，或是其他地方。可能是油箱的接缝有点裂了，也可能是联轴节松了。其实，它现在就是松的，但是大火之后出现松动是常有的事，不知道这算不算线索。你可以从受损的油箱或管道中看到油滴滴漏，虽然很慢，但是已经积累了很多。那里铺着一块椰棕垫，所以你可能注意不到油滴。当然，如果漏油应该能闻到，但是这种小车库经常能闻到汽油味，更何况他还在车上储存了几罐汽油，超过法定数量——但这也不奇怪。在我看来，他好像已经把油箱装满了，因为引擎盖旁边有两个空油罐，瓶盖是松的——也许他上车，关门，发动汽车，然后点了一支烟。那时，如果汽油泄漏，大火将会'嗖嗖嗖'扑面而来！"

"引擎的点火开关怎么样？"

"是关着的。他可能还没打开，但很有可能他在火焰窜出来的时候又关掉了。这么做太蠢了，但很多人都会这样。当然，正确的做法是切断供油，发动引擎，把化油器里的汽油耗尽。但当你活活被大火烧的时候，根本不能理性思考。或者他可能试图把汽油关掉，但是还没碰到开关就被大火包围了。你看，油箱在这里，朝左边。"

"另一种可能，"温西说，"他可能是自杀，但是伪造成意外事故。"

"令人讨厌的自杀方式。"

"假设他先服了毒药。"

"他必须保证汽车着火时还活着。"

"确实。假设他开枪自杀——那应该会有枪声传出——不，这根本不合理，现场没有找到武器。还是皮下注射？这个假设也不成立。氢氰酸就可以做到——我的意思是,他只需有时间吃一片药,然后再把车点燃就行。氢氰酸药效发作很快,但绝对不会瞬间死亡。"

"总之,我先看看。"麦格斯医生说道。

警察突然打断了他们。

"打扰一下,警官,我想我们已经找到了那颗牙齿。兰普卢医生说就是它。"

他短而粗的食指和拇指之间,举着一个小小的、像骨头一样的物体,带着一小片突出的金属。

"从外形看,这的确是右上方门牙的牙冠,"兰普卢医生说,"我想是因为高温导致牙洞中的粘固粉失效了。一些粘固粉对温度敏感,还有一些对湿气敏感。好吧,这样就解释得通了,是吧?"

"是的——好吧,我们应该从那个寡妇入手。我想,只是询问一下,并不代表她有很大的嫌疑。"

普伦德加斯特夫人——脸上化着大浓妆,一副习以为常的乖僻表情——一听到噩耗,突然大声啜泣。等她情绪恢复得差不多时,告诉警官:"亚瑟一直不重视汽油的安全隐患。他烟瘾很重,我经常警告他,在车里抽烟很危险。我还建议他买辆大一点的车,现在的那辆一家人坐不下。他还喜欢开夜车,虽然我一直反对,这样很危险。如果他当初听取了我的建议,就不会发生这起事故。"

"可怜的亚瑟并不是一个好司机。就在上周，他送我们去沃辛的路上，为了赶超一辆货车，把车一直开到了浅滩上，我们都害怕极了。"

"啊！"督察员说，"这很可能就是油箱出现裂缝的原因。"他小心翼翼地问她，普伦德加斯特先生有没有自杀的可能。寡妇很气愤，不可否认，亚瑟最近的行为有点恶劣，但他绝不会这么极端。为什么？就在三个月前，他还花了500英镑买了份人寿保险，他肯定不会让保单失效的，所以不可能在保单规定的期限内自杀。尽管亚瑟一点也不体贴，但无论做过什么伤害她这个妻子的事，他都不会抢夺自己无辜的孩子。

听到"伤害"二字，督察员竖起了耳朵。什么伤害呢？

哦，好吧，当然，她一直都知道亚瑟和菲尔丁女士私通。亚瑟总是以牙齿需要不断修复为借口欺骗她。不可否认，菲尔丁女士的房子比他们自己家的豪华。这并不奇怪——一个有钱的寡妇，没有孩子，没有家庭责任，自然也供得起自己优越的物质生活。可你不能指望一个忙碌的妻子，依靠微薄的生活开支，日子过得紧巴巴的还能创造奇迹。如果亚瑟想要生活丰富多彩，他应该慷慨点。而且，菲尔丁女士打扮时髦，水性杨花，很容易吸引男人。她告诉亚瑟，如果两人还纠缠不清，就和他离婚。自那以来，他都没回来过夜，至于在外面做什么——

在她情绪激动时，督察员询问菲尔丁女士的住址，及时打断了她。

"我真的不知道,"普伦德加斯特夫人说,"她以前的确住在57号楼,但自从我明确表明再也忍受不了之后,她就出国了。有些人的命真好,有那么多钱可以挥霍。我只去过一次国外,还是度蜜月的时候去布伦(法国北部港市),那也是唯一一次。"

谈话结束时,督察员找到麦格斯医生,并请求他仔细搜索氢氰酸。

最后是勤杂女工格拉迪斯的证词了。她前天下午六点不到就离开普伦德加斯特的家了。她想趁普伦德加斯特先生在沃辛的这段时间休假一周。她觉得先生在离开的前几天似乎很焦躁不安,但她一点都不惊讶,因为她知道先生不喜欢和他的妻子待在一起。格拉迪斯完成了工作后,吃了一顿冷掉的晚餐,然后在老板的允许下回家了。他有一个病人——一位来自澳大利亚的绅士,或者来自其他地方。那个病人突然想在旅行之前再来看下牙齿。普伦德加斯特先生解释说,他会工作到很晚,也会自己关好房子,所以格拉迪斯不需要等他。进一步调查发现,普伦德加斯特先生几乎没动晚餐,大概是离开得很匆忙。那么,显然,那个病人是普伦德加斯特先生死前见到的最后一个人。

于是他们检查了牙医的预约本。那个病人的记录是"威廉姆斯先生5月30日",地址簿上写着他的地址,住在布鲁姆斯伯里(英国伦敦区名)的一个小旅馆。旅馆负责人说,威廉姆斯先生之前在那儿住了一个星期。除了"阿德莱德"(澳大利亚港市)之外,他没有留下任何地址，并提到这是二十年来第一次故地重游，他在伦敦没有朋友。不幸的是，威廉姆斯先生不能接受调查。前天晚上大概十点半的时候，来了一个信使，用威廉姆斯先生的卡结账并搬走了行李。没有留下任何寄件地址。他不是普通信使，而是一个戴着宽边软帽，穿着暗黑大衣的男人。夜间值班的工作人员看不清楚他的脸，因为大厅里只开了一盏灯。那位先生让他们快点，因为威廉姆斯先生想赶上滑铁卢的那趟港口联运火车。经过对售票处的调查，威廉姆斯先生确实是乘那趟火车去巴黎的，车票同一天晚上已经被取走了。所以威廉姆斯先生已经不知所踪，即使警方可以追查到他的去向，他也未必清楚普伦德加斯特先生出事前的心理状态。只是一切似乎还有点奇怪，首先，威廉姆斯先生从阿德莱德过来，住在布鲁姆斯伯里，应该去温布尔顿检查牙齿的，但最简单的解释很可能是：没有朋友的威廉姆斯在咖啡馆或诸如此类的地方认识了普伦德加斯特，偶然提及他必须去看牙医，于是就有了接下来的互惠互利，互相帮助。

接下来，除了验尸官做出意外死亡的判决以及寡妇向保险公司提出索赔外，似乎就可以结案了。但麦格斯医生的发现推翻了所有结论，他宣布死者体内注射有大量的东茛菪碱，这有什么关联？督察员听到后，无动于衷，因为他并不惊讶。如果真有人想自杀，他认为就是普伦德加斯特先生。督察员觉得当务之急，是仔细搜查一下车库周围那些烧焦的月桂树。彼得·温西也同意，但他预言找不到注射器。

彼得·温西勋爵完全预料错了。第二天就发现了注射器，那个位置说明它是用完后被扔出了车库的窗户。上面还残留着毒液的痕迹。"这是一种慢性药剂，"麦格斯医生观察后说道，"我想，他自己注射后，把注射器扔掉，希望它永远不被找到，然后，他在失去意识之前，爬进车里并点燃了车。真是笨拙的方法！"

"我倒觉得十分巧妙，"温西说，"不知怎的，我不相信那个注射器。"他打电话给自己的牙医。"兰普卢，老朋友，"他说，"我希望你能帮我。我需要你再检查下那些牙齿。不，不是我的牙齿，是普伦德加斯特的。"

"哦，搞砸了？"兰普卢医生不安道。

"不是，但我希望你能帮我。"勋爵说。

尸体还没安葬，兰普卢医生怨声载道地和温西去了温布尔顿，又开始了令他厌恶的工作。这次他从左边开始检查。

"下排长达十三年的白齿和第二颗双尖牙是银汞合金充填修复的。被火烧到一点，但还是好的。上排第一颗双尖牙——双尖牙是所有牙齿中比较傻的——总是首当其冲。那个牙齿看起来填补得很粗心——反正我认为技术不妙，填料似乎都溢到隔壁牙齿了——不过也可能是大火造成的。左上方的犬齿是瓷贴面修复——"

"等一下，"温西问道，"麦格斯说那是'烤瓷牙'。瓷贴面和烤瓷牙一样吗？"

"不一样，方法不同。好吧，我想这是烤瓷牙——不好分辨。我应该坚持自己的观点，说这是瓷贴面的，但也可能真的是。"

"我们查看病例核实下吧。我希望麦格斯已经标注了日期——天知道我要找多久，而且我看不懂这个家伙的字迹和那些龙飞凤舞的缩略语。"

"如果是瓷贴面，不用找很久。这种材料1928年才从美国引进来。当时风靡一时，但由于某种原因，它在这里不是很流行，但有些人会用。"

"哦，那么它应该不是瓷贴面，"温西说道，"这里没有任何关于犬牙的记录，翻回到1928年。我们确认下：1927，1926，1925，1924，1923。找到了，这里有犬牙和其他相关记录。"

"那就对了，"兰普卢走过来侧着头看，"是烤瓷牙。那一定是我错了。其实把牙齿取出来一看便知。表面是不同的，镶嵌方式也不一样。"

"哪里不同？"

"好吧，"兰普卢医生说，"你看，一个是瓷贴面。"

"另一个是烤瓷牙。我也只知道这么多。好，我们去把它取出来吧。"

"不好；不要在这里。"

"带回家检查吧。兰普卢，你不明白这有多重要吗？如果是瓷贴面，或无论它叫什么名字，都不可能在1923年完成。如果是后来拔掉重新种牙，那一定是另一位牙医所为。他可能还做了其他事情——假如那样的话，病例里面应该有记录的，但是并没有。难道你还不明白吗？"

"我知道你很激动，"兰普卢医生说，"但我只能说，我拒绝把这东西带回我的手术室，哈利街也不欢迎死尸。"

最后，经过许可，尸体被转移到当地医院的牙科部。在该医院的牙科专家、麦格斯医生和警察的协助下，兰普卢医生成功地从犬齿中提取出了填料。

"如果这不是瓷贴面，"他得意洋洋地说，"我就把自己所有的牙齿都拔出来，不用麻醉剂，然后吞下去。你觉得呢，本顿？"

那位牙科专家也赞同是瓷贴面。兰普卢医生突然对这个案件产生了浓厚的兴趣，点头回应后，便小心翼翼地在右上方的双尖牙间插入一根探针，查看它们相邻的填料。

"来看看这个，本顿。考虑到大火及这些烧焦部分，你不觉得这是最近才补的填料吗？看那里，牙齿接口处，填料可能是昨天才放的。还有这里，等等。下颌骨跑哪儿去了？把它装好。给我一点炭。你看，上下牙的咬痕应该在这里，因为那颗大臼齿生在这儿，填料隔得太远了。温西，右下方后面的臼齿是什么时候充填修复的？"

"两年前。"温西答道。

"不可能。"两位牙医异口同声说道，本顿医生又补充道，"如果把这些烧焦的脏物擦掉,你就会看到这是新的填料。我想,它们还没咬过东西。看这里,兰普卢医生,这里有点奇怪。"

"奇怪?确实有点奇怪。我昨天检查的时候都没考虑到,但是看看这个侧边的牙洞。他为什么不顺便把这个洞一起补?现在牙齿清理干净了,你可以看得清楚点。你有长的探针吗?牙洞很深,需要长一点的。我说,督察员,我想取出一些牙齿填料。你介意吗?"

"开始吧,"督察员说,"我们现场这么多人证呢!"

本顿医生扶着面目全非的死者,兰普卢医生操纵电钻,一个臼齿的填料快速掉落下来,兰普卢医生惊讶:"哦,天哪!"正如彼得勋爵所料,当一位医生大叫"啊"意味着什么。

"试下双尖牙。"本顿医生建议。

"或这颗十三年的臼齿。"他的同事插话。

"等一等,各位,"督察员阻止,"不要破坏尸体的完整性。"

兰普卢医生不听他的,继续钻孔。另一块填料掉出来了,他又喊了句"天哪"!

"很好,"温西笑嘻嘻地说道,"你可以申请逮捕令了,督察员。"

"到底怎么回事,爵爷?"

"谋杀!"温西确信地说道。

"为什么?"督察员问,"难道这几位医生检测出是普伦德加斯特先生的新牙医在他的牙齿里下毒了？"

"不是，"兰普卢医生说，"至少，不是你所说的下毒，但我活到现在都没见过这样的事。口腔中有两处地方，那位医生根本没费心清除腐肉，为什么？他只是扩大牙洞，又随随便便地塞住。我也不明白，为什么这个家伙没要求彻底清理脓疮。"

"也许，"温西说，"这个牙齿填塞物是最近才放进去的。喂！接下来检查什么？"

"这颗牙齿是好的，没有腐肉。看着不像清理过的样子，好像之前就没有。但谁能说得清呢！"

"我敢说，之前肯定没有。申请逮捕令吧，督察员。"

"逮捕谋杀普伦德加斯特先生的凶手吗？是谁？"

"不是。以谋杀罪逮捕亚瑟·普伦德加斯特，他是杀害威廉姆斯先生的凶手之一，顺便提一下，还有纵火罪和诈骗未遂。如果你愿意，也可以以共谋罪逮捕菲尔丁女士。虽然现在证据还不充分。"

原来，早在他们在鲁昂发现普伦德加斯特先生时，他就已经提前筹划好了。他一直在等待和寻找一位病人，和自己的身高、体型相似，有一副好的牙齿，而且家庭关系简单。所以当不幸的威廉姆斯落入他的魔掌时，他几乎不需要准备什么。必须先送普伦德加斯特夫人去沃辛——她已经做好了随时出发的准备——还给女仆准了假。然后准备一些必要的牙科设备，就邀请受害者一起去温布尔顿喝茶。凶手从威廉姆斯的背后打昏他，并注射药剂。之后就是把受害者的牙齿伪造得和普伦德加斯特自己的一样，这是个缓慢又可怕的过程。接下来，互换衣服，再把人抬下来放进车厢。注射器的位置很巧妙，如果只是漫不经心的搜查，可能会被忽视；一旦发现身体里的药物，稍作推敲也可能找到注射器。这样一来，一方面可以伪造成意外的假象；另一方面是自杀的假象。然后把车浇上汽油，松动油盖，汽油罐随意扔在一旁。打开车库的大门和窗户，使整件事情看起来更可信，也让空气流通，最后，点燃车库门口排放的一连串汽油，让火势蔓延到车里。一切就绪后，趁着冬日天黑，连夜奔往火车站，再乘坐地铁到伦敦。在地铁上被认出的风险极小，何况他戴着威廉姆斯的帽子，穿着他的衣服，还用围巾遮住了半张脸。接下来就是去取威廉姆斯的行李，并搭乘港口联运火车去法国，与迷恋已久的富婆——菲尔丁女士会合。在这之后，他们以威廉姆斯和威廉姆斯夫人的身份逍遥法外，至于要不要回英国，就看他们的心情了。

"他非常精通犯罪学，"案件水落石出后，温西总结道，"一定仔细研究过罗斯案和窑炉案（两起臭名昭著的谋杀案，受害者都被置于火中），吸取经验，完善自己的阴谋并获利。可惜他忽略了瓷贴面的问题。太急于求成了，是吧，兰普卢？好吧，欲速则不达。不过，我真的很好奇，威廉姆斯到底是在哪一环节死去的。"

"闭嘴,"兰普卢医生说,"顺便说一下,我还得继续帮你充填修复牙齿呢!"

绝对不在现场
彼得·温西勋爵的故事

彼得·温西勋爵、伦敦警察厅刑事侦缉部总督察帕克和鲍尔多克督察员亨利一行人坐在"紫丁香公馆"的书房里。

"你看,"帕克说,"当时所有的嫌犯都不在现场。"

"'不在现场'是什么意思?"温西不耐烦地问道。还没吃早饭就被帕克拉到大北路的维普里(南格洛斯特郡的一个农村),现在还怒气未消。"难道他们远在十八万六千英里之外,不可能一秒钟到达谋杀现场?否则,他们完全有可能出现在现场。显然,他们只是表面上不在现场。"

"看在上帝的份上,别跟我提相对论。按常理说,他们都不在现场。

如果我们想要找出凶手，又不想钻研菲茨杰拉德收缩和曲率系数这么高深的理论。督察员，我认为最好的办法就是把他们分开，一个个盘问，这样就能听到所有人的证词。只要他们的证词前后不一，你都可以进行核实。我们先从管家开始吧。"

督察员把头探进大厅喊道："哈姆沃西。"

管家是一个中年男子，脸庞很大，苍白而浮肿，看上去似乎身体不适。然而，他毫不犹豫地开始陈诉证词。

"警官，我已经服侍格林博尔德先生二十年了。我一直觉得他是一个很好的主人，虽然为人严厉，却非常正直。我知道商场上很多人认为他冷酷无情，但我想他也是迫不得已。一个单身汉，又要抚养两个侄子——哈考特先生和内维尔先生——长大成人，而且对他们非常好。我觉得，他私下是一个和蔼又体贴的人。至于工作时，没错，我想可以称他为高利贷者。

"关于昨晚发生的事情，警官。我像往常一样，七点半就把门关上了。一切都严格遵照时间，因为格林博尔德先生作息很规律。我把一楼所有的窗户都锁上了，这是冬日里的习惯。我敢肯定我没漏掉任何一件事。窗户都有防盗螺栓，只是我没注意有没有故障。我还锁了前门，拴紧螺栓，甚至绑上了一根铁链。"

"那温室的门呢？"

"警官，那是耶尔锁。我试了一下，发现它是锁着的。不，我没有闩紧门闩。一直都是这样的，以防格林博尔德先生在伦敦市里谈生意耽搁了，晚上进门不用打扰其他人。"

"那昨晚，他在市里没有生意吗？"

"没有，警官，但是锁一直是这样的。没有钥匙谁都进不来，格林博尔德先生指环上有钥匙。"

"有其他的钥匙吗？"

"我想，"管家咳嗽道，"警官，我想应该有其他钥匙，虽然我不知道。对了，还有一把钥匙，在一位女士手里，她现在在巴黎。"

"我知道了。我想，格林博尔德先生大概六十岁。如你所说，这位女士叫什么名字？"

"温特女士，警官。她也住在维普里，但自从上个月她丈夫去世后，我听说她一直住在国外。"

"我明白了。督查，最好把这些都记下来。那楼上的房间和后门呢？"

"楼上房间的窗户也都以同样的方式锁上了，除了格林博尔德先生的卧室，还有厨师和我的房间；但没有梯子，窗户根本够不到，而梯子锁在工具棚里。"

"没错，"亨利督察员突然插进来，"我们昨晚进了那个工具棚。门是锁着的，更重要的是，梯子与墙壁之间有完整的蜘蛛网。"

"七点半的时候,我查了一遍所有的房间,没发现什么异常。"

"我可以保证,"督察员又说道,"那些锁都没有问题。你继续,哈姆沃西。"

"好的,警官。我在检查房间时,格林博尔德先生正好下楼去书房喝雪利酒。七点四十五分汤准备好了,于是我去叫先生吃晚饭。他像往常一样坐在餐桌的末端,面朝上菜窗口。"

"他背对着书房,"帕克面前摆着一幅房间草图,边说边在上面做标记,"房门是关闭的吗?"

"哦,是的,警官。所有的门窗都关上了。"

"房间看来通风不错,"温西说道,"两扇门,一个上菜窗口,还有两扇落地窗。"

"是的,爵爷,大小合适,窗帘也都拉开了。"

勋爵走到相通的那扇门并打开。

"是的,"他说,"结实又沉重,推开门也没发出任何声音。我喜欢这些厚厚的地毯,只是图案有点吓人。"他轻轻地关上门并回到座位。

"格林博尔德先生喝汤要五分钟左右,警官。他一喝完,我就撤掉汤碗,把鱼换上来。我不需要离开房间,只要从上菜窗口端菜就好。酒——就是夏布利酒——已经摆在餐桌上了。这道菜只是大菱鲆(欧洲产的一种扁平大鱼)的一小部分,先生又花了五分钟吃完。我把鱼撤掉，摆上烤野鸡。刚要上青菜，电话就响了。先生说：'你先看看是谁，我自己来。'当然，接电话也不是厨师的事。"

"没有其他仆人吗？"

"只有一位白天来打扫的妇女。我走出去接电话，随手把门关上了。"

"是这部电话还是大厅里的那部？"

"大厅里的那部，警官。我习惯用那部电话，除非当时我碰巧在书房。电话是内维尔·格林博尔德先生从伦敦打来的。他和哈考特先生在杰明街有一套公寓。内维尔先生一说话，我就听出了他的声音。他说：'是你吗，哈姆沃西？稍等片刻。哈考特想和你说话。'他把听筒放下，然后哈考特先生接起来。他说：'哈姆沃西，如果我叔叔今晚在家，我想去看他。'我说：'好的，先生，我会转告他。'警官，两位年轻的先生经常会回来住一两个晚上。我们会把他们的房间整理好。哈考特先生说他马上出发，预计九点三十分左右到。就在他说话的时候，我听见他们公寓里的落地大摆钟敲了整整八下，紧接着，我们自己的落地钟也响了，然后我听到交换机报时'三分钟'，所以电话一定是在七点五十七分接通的，警官。"

"那么时间就可以确定了，也算有点收获。然后呢，哈姆沃西？"

"哈考特先生又喊了一声并说：'内维尔有话要说。'然后内维尔先生重新回到了电话旁。他说他很快就要去苏格兰了，让我把留在家里的一套休闲套装、一些长袜和衬衫送过去。他希望先把套装送到洗衣店去干洗，然后还吩咐了其他事，又讲了三分钟。警官，当时应该是八点零三分。大约过了一分钟，他还在说话，前门的门铃响了。我不方便挂电话，所以只能让访客等着，八点零五分的时候门铃又响了。我正要和内维尔先生说抱歉，就看见厨师从厨房里出来，穿过大厅来到前门。内维尔先生让我重复一遍他的吩咐，直到交换机再一次报时，他才挂断电话。当我转过身时，正好看见厨师刚关上书房门。我迎上她，她说：'又是佩恩先生，他想见格林博尔德先生。我让他在书房等着，真不想见到他。'于是我说：'好吧，我来招呼他。'厨师就回厨房了。"

"等一下，"帕克问，"佩恩先生是谁？"

"警官，他是格林博尔德先生的一个客户。他住得很近，穿过田野过来只要五分钟，之前就来过，是个很麻烦的人。我觉得是他欠格林博尔德先生钱，想要宽限一段时间。"

"他也在这里，正在大厅里等着。"亨利补充道。

"哦？"温西说，"是那个胡子拉碴、愁容满面、拄着拐杖、外套血迹斑斑的男人吗？"

"就是他，爵爷。"管家回答。"好吧，警官，"他又转向帕克，"我朝书房走去，突然想起我忘记端波尔多红葡萄酒了——格林博尔德先生一定会很生气，所以我回到食品储藏室，警官，你知道在哪儿的——

酒正在火炉前温着,我把它取出来。找托盘又花了点时间,后来发现它在晚报下面,然后我就回到餐厅,前后不超过一分钟。就在那时,警官——管家的声音开始颤抖——我看到格林博尔德先生倒在餐桌上,像趴在碗碟里。我想他一定是病了,急忙跑过去——却发现他已经死了,背上有一个致命的伤口。"

"没有凶器吗?"

"我没看见,警官。他流了很多血,很骇人。我非常害怕,那一分钟我几乎不知道该怎么办。一回过神,我就冲到上菜窗口叫厨师。她匆匆进来,看见主人时发出可怕的尖叫。那时我想起了佩恩先生,赶紧打开书房门。他站在那里,见到我立刻问要等多久。所以我说:'发生了一件很恐怖的事!格林博尔德先生被谋杀了!'他推开我跑进餐厅,问的第一句话是:'那些窗户怎么样?'他拉开了离书房最近的窗帘,窗户大开着,'凶手就是从这里逃跑的。'他说完就准备冲出去。我说:'不,你不能走'——我以为他想逃跑,于是紧紧抓住他。他喊了很多遍我的名字,然后说:'听我说,伙计,理智点。那个家伙正在逃跑,我们得赶紧去找他。'我说:'我和你一起去。'他说:'好吧!'于是我让厨师不要碰任何东西,赶紧给警察打电话。我去食品储藏室拿了手电筒后就和佩恩先生出门了。"

"佩恩和你一起去拿手电筒吗?"

"是的,警官。嗯,我和他一起出门,在花园里四处寻找,但是看不见任何脚印,什么都没发现,因为房子周围是一条柏油路,一直延伸到大门。我们也没看见凶器。于是他说:'我们最好回去开车,沿路寻找。'但是我说:'不行,凶手会趁我们回去的时候逃跑。'因为大门到大北路只有四分之一英里,但我们回去开车要五到十分钟。所以佩恩先生说:'也许你是对的。'然后就和我一起回到屋里。嗯,之后警察就从维普里来了,没一会儿,督察员和克罗夫茨医生也从鲍尔多克赶来,他们到处搜索,还问了许多问题,我都尽力回答了,警官,我只知道这些。"

"你之前注意过,"帕克问,"佩恩先生衣服上有血迹吗?"

"没有,先生——当时他身上没有血迹。我第一次看到他时,他就站在这里,正好在灯光下,如果衣服上有血迹,我一定能看见的。这是实话实说。"

"你一定搜查过这个房间了,督察,有找到血迹、凶器或手套、布帛等可能被凶手用来掩盖血迹的东西吗?"

"是的,帕克警官。我们非常仔细地搜查过了。"

"当你和格林博尔德先生在餐厅时,会不会已经有人趁机下楼了?"

"好吧,警官,我想或许是的。但他们必须在七点半之前进入屋子,并藏在隐蔽的地方。不过,事情很可能就是这样。当然,他们不可能从后面的楼梯下来，因为厨房是必经之路，厨师肯定能听到，所以这条路行不通。警官，但是前面的楼梯——好吧，我真的毫无头绪。"

"案子的关键在于凶手是怎么进来的，"帕克说，"别那么沮丧，哈姆沃西。你也不可能每天晚上都搜查一遍所有的橱柜，看有没有藏匿罪犯。我想，接下来应该见见那两位侄子了。他们叔侄相处得还不错吧？"

"哦，是的，警官。从来没有发生过争吵。这对他们来说是个沉重的打击。去年夏天格林博尔德先生生病，他们就非常难过。"

"他生病了，是吗？"

"对的，警官，是心脏病，去年七月份。他突然病得很严重，我们只能派人去叫内维尔先生。但之后恢复得很好——只是从那以后，他似乎没有以前那么快乐了。我想，可能是这场病让他觉得自己不再年轻了。但我敢肯定，没人能料到他会这样死去。"

"他留下的钱怎么办？"帕克问道。

"好吧，警官，我不清楚。我想，应该是分给两位先生——虽然他们自己也有很多钱。哈考特先生会告诉你，警官。他是遗嘱执行人。"

"好吧，我们会问他的。他们兄弟俩关系好吗？"

"哦，真的很好，可以说是推心置腹。我想，他们愿意为彼此做任何事。警官，他们是一对非常和睦的兄弟，你找不到比他们更团结的了。"

"谢谢你，哈姆沃西。暂时就这些，其他人还有什么要问的吗？"

"被害者吃了多少烤野鸡，哈姆沃西？"

"嗯，勋爵，不多——我的意思是，离吃完还差得远，但是也吃了一些。从我之前服侍先生的经验判断，他可能才吃了三四分钟，爵爷。"

"有没有迹象表明他是被打断用餐的，比如，有人来到窗户，或是他起身让那个人进来？"

"什么都没有，勋爵，我没发现。"

"当我看到他时，椅子离餐桌很近，"督察员插话，"他的餐巾仍铺在膝盖上，刀叉放在手下，好像是被刺中时从手里掉出来。我想，没人动过尸体。"

"不，警官，我从来没动过，当然，除了确定他是不是死了。但当我看见先生背后致命的伤口时，警官，我根本没怀疑过。我只是抬起他的头，然后又朝前放下来，和之前一模一样。"

"好吧，那么，哈姆沃西，请哈考特先生进来吧。"哈考特·格林博尔德先生看起来精神饱满，三十五岁左右。他解释说他是一名股票经纪人，他的弟弟内维尔是公共卫生部的一名官员，他们分别是在十一岁和十岁时由叔叔开始抚养。他知道叔叔有许多生意上的敌人，但他觉得，叔叔对他们无微不至。

"关于这件可怕的事，我恐怕了解不多，因为我昨晚九点四十五分才回到这儿,当然,那时一切都结束了。"

"比你预期的时间晚了一点?"

"只是一小会。从维尔温花园城到维尔温途中,我的汽车尾灯坏了,被一名交警拦住了。我开到维尔温的一个汽车修理厂,发现是车灯引线松了。他们调整了下,于是耽误了几分钟。"

"从这儿到伦敦大约有四十英里吧?"

"要稍微远一点。一般来说,晚上那个时候,从我出门到这里,估计要一个小时又一刻钟。我不习惯开快车。"

"你自己开车吗?"

"是的。我有一个司机,但并没有每次都让他送我回来这里。"

"你什么时候从伦敦出发?"

"我想,大概八点二十分。内维尔一讲完电话就去车库取车,那时候我在收拾牙刷等生活用品放进背包。"

"你出发前没听到你叔叔去世的消息吗?"

"没有。我想,应该是在我出发后,他们才想起给我打电话。警察后来试图联系内维尔,但他已经去俱乐部了,或者别的地方。我到这儿后亲自给他打电话,他今天早上就来了。"

"好吧,现在,格林博尔德先生,你能告诉我们一些关于你已故叔叔的私事吗?"

"你是说他的遗嘱？遗产受益人是谁，这件事吗？好吧，我确实是受益人之一，内维尔也是。还有，你听说过温特太太吗？"

"是的，听说过一些。"

"好吧，她也是受益人，第三个。当然，老哈姆沃西也得到一份满意的养老金，厨师也有份，我叔叔伦敦办公室的职员也分到了五百英镑。但大部分的钱都留给了我们俩和温特太太。我知道你要问多少钱？我一点也不清楚，但我知道应该相当可观。老人家从不向任何人透露他有多少钱，我们也从不烦恼此事。我自己赚得不少，内维尔的薪水对普通公民来说也很可观，所以我们对这个问题都不太感兴趣。"

"你觉得哈姆沃西知道他也是遗产受益者之一吗？"

"哦，是的——这不是秘密。他每年可以得到一百英镑薪酬以及两百英镑的终身财产所有权，当然，前提是他——我是说我叔叔——过世时，哈姆沃西还在身边服侍。"

"那他没有接到解雇通知，或其他消息吧？"

"不，不是的。这种事时有发生。我叔叔每个月都会说要解雇他们，以此激励他们努力工作，但都只是说说而已。他就像《爱丽丝梦游仙境》中的红皇后（经常说要砍掉人们脑袋）——你知道的，他从来没有解雇过任何一个人。"

"我明白了。不过，我们最好再问问哈姆沃西这件事。现在，关于这位温特夫人，你有所了解吗？"

"哦，是的。她是个很和蔼的女人。当然，她做威廉叔叔的情妇很多年了。这也不能怪她，因为她的丈夫嗜酒如命。我今天早上给她打了电话，这是她的回复，刚收到。"

他递给帕克一封来自巴黎的电报，上面写道："非常震惊，悲痛万分。立即返回。献上真诚的问候和深切的慰问。露西。"

"那么，你和她关系好吗？"

"当然，勋爵。为什么不呢？我们一直为她感到惋惜。威廉叔叔本来打算带她去其他地方，只是她不忍心离开温特。其实，我想他们应该快要结婚了，因为温特终于大发慈悲还她自由了。她才三十八岁左右，是时候该为自己而活了，可怜的人儿。"

"所以，除了这笔钱，你叔叔的死对她来说真的没什么好处？"

"什么都没有。当然，除非她想嫁给更年轻的人，又害怕得不到钱。但我相信她是真心喜欢我叔叔。无论如何，她不可能是凶手，因为她人在巴黎。"

"嗯！"帕克说，"我也这么认为。不过我们最好确认一下。我会打电话给警察厅，让他们在港口留意下温特夫人。这个电话连着交换机吗？"

"是的，"督察员回答，"不需要通过大厅电话，它们是并联的。"

"好了。格林博尔德先生，我认为目前我们不需要再麻烦你了。我先打个电话，然后再传下一位证人……请帮我转白厅1212……我想哈考特先生从伦敦来电话的时间已经核实过了吧，督查？"

"是的，帕克先生。电话是七点五十七分接通的，八点和八点零三分交换机报时，这东西可不便宜。我们还向那位拦车的交警和车库老板核实过了，确有此事。他九点零五分进入维尔温，大概九点十五分离开。车牌号也对得上。"

"好吧，不管怎样，他可以排除在外了，但我们再查查也无妨……您好，请问是伦敦警察厅吗？我是督察员帕克，请帮我接哈迪总督察。"

帕克一打完电话就派人请了内维尔·格林博尔德进来。兄弟俩长得很像，只是内维尔稍微瘦点，温文尔雅，不愧为公务员。除了证实他哥哥所说的，他没什么可补充的，并解释说他八点二十点到十点之间去看了场电影，然后去了俱乐部，晚上很晚才听到这个悲剧。

下一位证人是厨师。她说了很多话，但没什么说服力。她没有碰见哈姆沃西去储藏室拿葡萄酒，否则就可以证实他的话了。对于有人藏在楼上房间里的这个假设，她觉得很讽刺。因为克拉布女士每天都来打扫卫生，将近晚餐时刻才离开，还在所有的衣柜里放置了樟脑袋；总之，她一口咬定刺伤格林博尔德先生的凶手一定是"佩恩"——这个卑鄙、恶毒的无耻之徒。最后，只剩下有蓄意谋杀之嫌的佩恩先生了。

佩恩先生也直言不讳，他坦言一直被格林博尔德先生压榨。高利贷本金加利息，他已经还了原贷款的五倍之多，而且现在格林博尔德先生拒绝宽限期限，还表明了他的意图，即超过期限就取消派恩先生赎回房子和土地的权利。更残酷的是，佩恩先生至少还需要六个月才可能还清全部债务，因为一些利息和股票投在其他地方，他坚信能大赚一笔。在他看来，老格林博尔德是故意拒绝续期的，目的就是阻止他还款——他一直觊觎那些财产。格林博尔德的死确实使局面好转，因为能延期到他股票获利后还钱。这么看来，佩恩先生确实有杀人动机，但他没有这样做，不管怎样，他还不至于背后伤人。不过，如果放债者是年轻人，他倒是很乐意打断他所有的骨头，为自己讨个说法。事实就是这样，可以选择相信或不信，如果不是那个老傻瓜，哈姆沃西，拦着他，他一定已经抓到凶手了——他甚至怀疑哈姆沃西是不是真的傻。血？是的，他的外套上的确有血迹。这是他和哈姆沃西在窗边纠缠时沾上的。哈姆沃西出现在书房时，双手已经沾满鲜血，一定是尸体上的。他特意没有换衣服，因为如果他这样做了，就会有人栽赃他想隐藏什么。事实上，自从谋杀案发生，他一直没有回家，也没有要求回家。佩恩先生补充道，他强烈抗议当地警方的态度，毫不掩饰对他的敌意。对于这件事，亨利督察员表示是个误会。

"佩恩先生，"彼得勋爵说，"你能告诉我一件事吗？当你听到餐厅里的骚动和厨师的尖叫时,为什么没有马上去看看是怎么回事?"

"为什么?"佩恩先生反驳,"因为我根本就没听见骚动声,这就是原因。我知情的第一件事就是看见管家站在门口,满手鲜血,语无伦次。"

"啊!"温西说,"可能是门的隔音效果太好了。我们要不要让厨师进来,把餐厅的窗户打开,让她再尖叫一遍?"

督察员依命行事,其余的人都在焦急地等待尖叫声传来。然而,直到亨利探头进来询问怎么样了,他们还是什么都没听到。

"什么都没听见。"帕克说。

"这栋房子隔音效果真好,"温西说,"我想,从窗户传来的声音都被温室吸收了。好吧,佩恩先生,如果你没有听到尖叫声,那么没有听到凶手的声音也就不足为奇了,我们都是你的证人。查尔斯,我得回伦敦一趟,和一条狗有关。但我给你两个建议,祝你好运。第一,你应该去搜查一辆车,昨晚七点半到八点十五分之间,它应该停在房子方圆四分之一英里内;第二,今晚你最好一整晚都坐在餐厅里,关上门窗,盯着落地窗。我八点左右会给帕克先生打电话。哦,你把温室的钥匙借给我,我有一个推测。"

总督察把钥匙交给他后,勋爵就离开了。

一群人聚集在餐厅里,心情都很沉重。事实上,都是警察在随意聊天，谈一些钓鱼的往事，佩恩先生则一直怒目而视，两位格林博尔德先生不停地抽烟，一根接着一根，厨师和管家都坐立不安。电话响起时，大家反而松了一口气。

帕克起身接听的时候看了下手表。"七点五十七分。"正好看到管家用手帕擦拭自己抽搐的嘴唇，他说了句"留意窗户"便走进大厅。

"您好！"他说。

"是帕克总督察吗？"一个熟悉的声音说道，"我是彼得·温西勋爵的仆人，正在伦敦，电话是从勋爵的卧室里拨出的。您能稍等一下吗？勋爵有话和您说。"

帕克听到听筒放下又举起。然后传来温西的声音："嘿，老兄！你找到那辆车了吗？"

"我们打听到一辆车，"督察员谨慎地回道，"在大北路的一家餐馆，走五分钟左右就能到这里。"

"车牌号是 ABJ28 吗？"

"是啊。你怎么知道？"

"我猜可能是这辆车。它是昨天下午五点钟从伦敦一家汽车修理厂租来的，刚好十点钟才还。你找到温特太太了吗？"

"我想是吧。她从加来坐船回来，今晚登陆。显然，她很好。"

"可能吧。现在，认真听我说。你知道哈考特·格林博尔德的私事有点乱吗？去年七月，他面临金融危机，但有人帮他——应该是他的叔叔，你也觉得吧！我的线人说，一切都很可疑。我还收到一些秘密信息，哈考特在那场金融危机中受到重创。当然了，有他叔叔相助，筹集资金并不难。但我想，这件事对老格林博尔德来说也是一次重击。我认为——"

一阵清脆的音乐打断了他，随后银铃般的钟声敲了八下。

"听到了吗？有没有听出来？那是我家客厅里的落地钟……什么？好吧，是交换机，再给我三分钟。邦特还有话和你说。"

听筒发出一阵沙沙的声响后，又传来仆人柔和的声音。

"警官，勋爵让我转告你，立刻挂断电话去餐厅。"

帕克照做了。当他走进餐厅时，看见那六个人的背影，还维持着他离开前的姿势，围坐成半圆形，焦急地盯着落地窗。然后门无声地开了，彼得·温西走进来。

"上帝啊！"帕克情不自禁惊呼，"你怎么来的？"六个脑袋猛地转过来。

"以光速回来的，"温西往后捋了下头发说道，"以每秒十八万六千英里的速度，穿过八十英里回来找你的。"

"显而易见，其实，"温西解释道，"大家都排除了哈考特·格林博尔德（正悲恸欲绝）和他的弟弟内维尔（体力不支，需要靠白兰地强撑着），但凶手就是他们俩。他们看似不在现场——绝对不在现场。谋杀只能发生在七点五十七分和八点零六分之间，至于哈考特那个持续很久的电话，我的出现就是最好的解释。凶手必须在七点五十七分前就进入书房，否则他一进大厅就会被发现——除非是老格林博尔德开窗让他进来，这显然不可能。"

"事情应该是这样的。六点钟左右，哈考特在伦敦租了辆车然后出发，自己驾车。他把车停在路边的餐馆，至于为什么，我猜应该是不认识路吧？"

"不认识，那个新店上个月才开业。"

"哦！剩下的四分之一英里，他步行过来，七点四十五分到达这里。天已经黑了，而且他可能穿着橡胶套鞋，以免踩在路上发出声音。他用配制的钥匙进入温室。"

"他怎么得到钥匙的？"

"去年七月，可能是听说亲爱的侄子遭遇麻烦，老人家很震惊，所以病倒了。老人家生病时，他从威廉叔叔的戒指上偷偷把钥匙取下来。哈考特那时已经在这里了——你记得只有内维尔是'派人去叫'吧——如果是这样，我想，去年应该是威廉叔叔帮他还清债务的。但我怀疑如果是现在，威廉还会不会这么做——尤其在他考虑结婚的时候。然后我预料，哈考特也会这么认为，叔叔婚后可能很快就会更改遗嘱，甚至还会成立自己的家庭,那可怜的哈考特该怎么办,可怜的人儿!无论怎么想,叔叔都应该离开人世。因此,他就开始配制钥匙,策划情节,而弟弟内维尔'愿意为哈考特先生做任何事',所以哈考特说服他当帮凶。我倾向于认为,除了金钱,哈考特这么做一定还有其他苦衷,而内维尔也有自己的烦恼。到底是什么呢?"

"从温室门进来吗?"

"哦,是的,我今晚就是这么进来的。他隐藏在花园里,还知道威廉叔叔什么时候走进餐厅,因为他能看见书房的灯熄灭。记住,他对这个家很熟悉。他摸黑进来,锁上外面的门,然后在电话旁等着,直到内维尔的电话从伦敦打过来。铃声一停,他就接起书房里的电话。内维尔一说完,哈考特就插话进来。书房的门隔音效果很好,没有人能听见他说话,哈姆沃西也不可能分辨出他的声音不是来自伦敦。其实,声音确实是从伦敦传来的,因为两台电话并联后,声音只能通过交换机传来。八点钟,杰明街的落地钟敲响——进一步证实了伦敦那边的电话还在线。哈考特一听见钟声就让内维尔接电话,在内维尔接电话沙沙作响的掩盖下,赶紧挂断电话。然后内维尔用一连串琐事,比如套装什么的,绊住哈姆沃西足足六分钟,而哈考特则趁机走进餐厅,刺死了他的叔叔并从窗户逃走。他还有五分钟的时间赶回车里,然后驾车离开——其实哈姆沃西和佩恩在怀疑和相互纠缠时,他又多了几分钟时间。"

"他为什么不从书房和温室逃出去？"

"他想误导大家，凶手是从窗户进来的。与此同时，内维尔在八点二十分时开着哈考特的车离开伦敦，经过维尔温时，故意引起一个交警和汽车修理师的注意，成功使他们记住了车牌号。离开维尔温，他与哈考特在一个约定好的地方会面，并告知他关于尾灯的小插曲，然后两人互换了车。内维尔驾驶租来的车回到伦敦，哈考特则开着自己的车回来这里。但恐怕你很难找到凶器和配制的钥匙，还有哈考特染有血迹的手套和外衣。应该是内维尔把它们带回伦敦，扔到什么地方了吧。伦敦有一条又宽又长的泰晤士河。"

小旅馆谋杀案
蒙塔古·埃格的故事

蒙塔古先生睡得正酣,突然被隔壁邪恶的叫声惊醒。

"哇!哇!哇!"接二连三的咆哮声一阵强过一阵,随后又传来一串长长的咯咯声,感觉透不过气一般。

"狮鹫旅馆"位于卡索博雷,陈旧过时且经营不善。平常,埃格先生和他的广告商根本不会光顾这里。但"绿精灵"旅馆遭遇大火,正在关门修整,而埃格先生恰巧吃了一顿难以下咽、不易消化的晚餐,所以只能在这里将就一晚。他躺在嘎吱作响的床板上,房间积满灰尘,散发出一股霉味,没有电灯,甚至床边连蜡烛和火柴也没有,多么糟糕的服务!

埃格先生的意识逐渐清晰后,便开始琢磨到底怎么回事。据他所知,这条独立的走廊只有三个房间;他自己,住在中间;左边的8号房是老沃特斯,在梅塞尔兄弟有限公司工作,一家生产软饮料和糖果的公司;而右边的10号房,住着一位叫普林格尔的男人,矮矮胖胖的,随身携带着许多珠宝。今晚他狼吞虎咽地吃了许多不新鲜的鲭鱼和半生不熟的猪肉,所有的旁观者都敬佩不已。老沃特斯有节奏的鼾声穿过薄薄的隔墙从床头传来,就像卡车经过发出的震动声。那这些咆哮声一定是从普林格尔房里传来的,而最可能的解释就是鲭鱼和猪肉造成了这一切!

咆哮声突然消停了,只能间或听到一些虚弱的咕哝声。蒙蒂(教名"蒙塔古"的昵称)不认识普林格尔,也不待见他。但也许那个人病得厉害,还是大发慈悲去看看他好了!

蒙蒂极不情愿地把双腿从床上挪下来,双脚插入拖鞋里。房间里黑漆漆的,他甚至懒得去找火柴点灯,因为煤气灯覆盖在一块破布下,正堆在房间的角落里。他摸索着来到门口,打开门锁走出去。走廊尽头的分岔路通往主楼层,一盏昏暗的煤气灯若隐若现,朦胧的光影投在嘎吱作响的楼梯上。

8号房间,老沃特斯依旧鼾声如雷,不受一丝干扰。蒙蒂转向右边,敲响了10号门。

"谁啊？"一个压抑的声音问道。

"我，埃格，"蒙蒂边回答边转动门把，但发现门是锁着的，"你没事吧？我听见你在大声叫唤。"

"抱歉，"床板发出嘎嘎吱吱的声响，好像说话者正从床上坐起来，"我做噩梦了。不好意思，打扰您了！"

"别客气，"埃格先生又礼貌地问了一遍，"确定不需要我帮忙吗？"

"不用了，谢谢，我很好。"普林格尔先生似乎又把头埋进毯子里了。

"那么，晚安！"蒙蒂说。

"晚安！"

埃格先生放轻脚步回到房间。8号房的鼾声愈演愈烈，但当他关上门重新锁好时，只听见一声凶狠的哼声，鼾声戛然而止。到处都是静悄悄的。蒙蒂想知道现在几点了，正当他还在外套口袋里摸火柴时，响起了一阵悦耳、柔和的敲钟声，似乎从很远的地方传来。他数了数，钟声敲了十二下，时间比他想象的要早。因为筋疲力尽，埃格十点半就上床睡觉了，没几分钟还听到沃特斯从他门前经过。此刻，整个旅店一片沉寂。楼下的大街上，一辆汽车飞驰而过。8号房的鼾声又响起了。

埃格先生躺回那张令人难受的床垫上，又一次把自己微胖的身体抛上床准备入睡。他讨厌有人扰了他的美梦。该死的沃特斯！埃格迷迷糊糊地数着鼾声，开始打瞌睡。

"咔哒！"过道里的一扇门突然打开了，传来鬼鬼祟祟的脚步声，随后是嘎吱声和绊倒声。应该是有人下楼，在昏暗的楼梯上摔倒了。听着沃特斯有规律的鼾声，蒙蒂断定，一定是普林格尔吃了太多的鲭鱼和猪肉不舒服，于是不厚道地笑了。

然后，他很快陷入了沉睡。

六点钟，他又被走廊上嘈杂的谈笑声和敲门声吵醒了。有人一直在敲8号房的门，提醒沃特斯该去赶早班车了。女服务员在隔壁房间咯咯地笑，夹杂着老沃特斯的声音。"献殷勤也得挑个合适的时间啊！"埃格先生嘀咕道。门口传来笨重的脚步声，咯吱声，绊倒声，咒骂声——应该是沃特斯去浴室的途中在楼梯摔倒了。之后是一小段幸福的安静时光！然后又是绊倒声，咯吱声，咒骂声，笨重的脚步声，碰撞声——沃特斯洗完澡回来，猛地关上门。"砰"的一声，窸窣声，重击声——他应该在穿衣服，收拾行李。然后又是笨重的脚步声，咯吱声，绊倒声，咒骂声——谢天谢地！老沃特斯终于离开了！

蒙蒂伸手去拿他的手表，晨光透过昏暗的窗帘照射进来，指针隐约可见。六点五十八分——他还可以再睡大半个小时。不一会儿，镇上整点的钟声敲响了，紧接着又从远方传来一阵悦耳柔和的钟声。然后陷入一片寂静，偶尔传来旅馆员工来来往往的脚步声。埃格先生又睡着了。

七点二十分，走廊响起了一阵阵刺耳的尖叫声。

蒙蒂一跃而起。这次，一定是发生什么事了！他拖起睡袍就往门口冲。楼梯上三四个人匆匆忙忙地从主楼层跑下来。

一位女服务员站在10号门前。手里端着的罐子已经掉落在地，水渗出来浸湿了地毯。她脸色发青，肮脏的帽子被抓乱了，歇斯底里地发出一声声刺耳的尖叫。

房间里，普林格尔四肢摊开躺在床上，令人毛骨悚然。满脸浮肿，粗壮的脖子上还留着丑陋的紫色淤青。血从鼻子和嘴巴流出，沾到了枕头上。衣服胡乱地挂在一把椅子上，手提箱在地面上敞开着，牙杯上的假牙正对着脸盆架露齿而笑，但旅行包里的珠宝已经不翼而飞。普林格尔先生应该是遭遇了抢劫和谋杀。

埃格先生带着深深的自责感，他意识到自己昨晚听到的一定是凶手作案的声音——其实他还和凶手谈过话。埃格先生把一切都如实地告诉蒙克督察员。

"我不清楚那个声音是不是和普林格尔先生很像。我几乎没怎么和他说过话。他吃晚餐时没有坐在我旁边，我们只是后来在酒吧间交谈了几句。昨晚的那个声音很低沉——很像一个人刚睡醒，没戴假牙，又趴在毯子里说话。我想我应该认不出那个声音了！"

"这很正常，埃格先生，不要太自责。至于那个坐早班车离开的沃特斯先生,你说听到他一直在打鼾?"

"是的,谋杀前后都听见了他的鼾声。我认识他;他是一个非常值得尊敬的人。"

"确实。好吧,我想,我们得尽快联系上他,但是很显然,如果他一整晚都睡得很沉,也不能指望他能告诉我们什么。我觉得可以先假设那个和你说话的人是凶手。你说你可以确定时间?"

"是的。"蒙蒂又描述了自己当时听到钟声敲响十二次的场景。"还有,"他补充道,"虽然我不能为自己提供任何不在场证明,但我的那些雇主,普朗米特先生、罗斯先生、威尼斯先生和斯皮瑞特先生都能为我的人品作证。"

"埃格先生,别担心!我们会调查的。"蒙克督察员冷静地说,"让我想想,我是不是听过你的名字?你见过我的一位朋友拉梅奇吗?"

"迪奇雷的拉梅奇督察员吗?噢!是的。当时一个车库里的钟有点问题。"

"那就对了。他说你是个聪明的家伙。"

"我也很感激他。"

"那么,我们暂且接受你的证词,看看能推测出什么。现在,这里的钟你觉得准吗?"

"嗯,我今天早上又听到了敲钟声,就在那时,我自己的手表也响了。至少,"一丝莫名的疑惑涌上心头又稍纵即逝,蒙蒂说道,"我认为和昨晚的是同一个钟,因为音调都是一样的——低沉,频率高,有点嗡嗡作响,但是很悦耳。"

"好吧,"督察员说,"我们最好去核实一下。也许那个钟昨晚出现故障,今天早上又好了。我们绕房子转一转,看看有没有什么发现。拉格尔斯,告诉贝茨,不许任何人离开这里,我们会尽快回来。埃格先生,我们走吧。"

"狮鹫旅馆"只有六个自鸣钟。楼梯上的落地钟可以马上排除;它虽然频率也高,但音调微弱、颤抖,像一位老先生的声音。车库里的钟,音色也完全不符合。咖啡厅里的自鸣钟和客厅里丑陋的青铜怪兽状时钟,从蒙蒂的房间是听不到钟声的,而酒吧里是一个布谷鸟钟(报时似布谷鸟叫声)。但当他们来到厨房,位于蒙蒂房间的正下方,蒙蒂立刻说:

"似乎是这个钟。"

这是一个古老的美国八天挂钟,嵌在紫檀木镶板里,彩绘钟面,玻璃门上是一幅蜂窝图。

"我知道这类钟,"蒙蒂说,"它是靠撞击螺旋弹簧报时的,发出一种浑厚、嗡嗡作响的音调,很像教堂里的钟声,但频率要快得多。"

督察员打开钟盖往里面看。

"完全正确，"他说，"我们来试验一下。八点四十分，时间很准确。现在，你先上楼，我再把指针推到九点钟，然后你告诉我们是不是你听到的声音。"

蒙蒂走进房间，关上房门，他再次听到了那低沉，高频率，嗡嗡作响的钟声。他匆忙下楼。

"据我所知，一模一样。"

"好。如果时钟没有人为干涉，那么我们已经确定了时间。"

出乎意料的是，证明钟表在午夜时还是准确的竟然很简单。厨师十一点准备去睡觉前，按照镇上的钟重新设置了时间。然后和往常一样，她锁上厨房的门并带走了钥匙。她说："不然布茨会随时下来，从储藏室里偷东西吃。"布茨——一个其貌不扬的十六岁小伙子——只好不情愿地承认这一事实，厨师走后半个小时，他的确试着去开门，但发现锁得很牢。厨房没有其他入口，除了后门和窗户——但所有螺栓都在里面。

"很好，"督察员说，"现在我们可以调查这些人的不在场证明。同时，拉格尔斯，你仔细找一找普林格尔那个样品箱的下落。据我们了解，他睡觉前还随身携带，"督察员转向蒙蒂，似乎很信任他，继续说道："因为酒保看见了。所以在我们发现尸体之前，箱子不可能被带出旅馆，因为通往外面的所有门都是锁着的，钥匙也被拔出来了——我们已经证实过了——今天早上开门后没人离开,除了你的朋友沃特斯,而且根据你的陈诉,他不是凶手。当然,除非他是同谋。"

"不可能是沃特斯,"埃格先生坚定地说,"他是天底下最老实的人,账单从不造假。'账目严格精确到英镑、先令,甚至便士。'这是《推销员手册》中沃特斯最喜欢的一句话。"

"很好,"督察员答道,"但是箱子在哪里?"

"狮鹫旅馆"的管理人员和职工都接受了调查,每个人都有合理的不在场证明,于是蒙克督查把注意力转移到了客人身上。继令人难忘的鲭鱼猪肉晚餐后,埃格先生、沃特斯先生,还有另外两位商人洛夫迪和特恩布尔一起打桥牌,直到十点半埃格先生和沃特斯先生回去休息才收场。那两位商人随后去了酒吧,待到十一点酒吧关门后,又来到洛夫迪的房间,位于旅馆的另一侧。他们一直聊到午夜十二点半才分开。一点钟时,洛夫迪先生从特恩布尔先生那里借了一剂水果盐。特恩布尔出门在外总是带着齐全的物品。他们俩互相作证,似乎没有理由怀疑他们。

接下来是一位名叫弗拉克的老太太,显然,她不可能凭一己之力与一个身强力壮的男人抗衡。她的房间在主楼层,她一直睡到十二点半左右,听见有人从门前经过,打开浴室里的水。快到一点时,这位我行我素的住客又回到了房间。要不是动静太大,她可能什么也没听见。

除了沃特斯和普林格尔本人，最后一位客人是搭乘普林格尔的车来的。他是个"摄影代理商"，叫阿利斯泰尔·科布。蒙克督查不喜欢他的样貌，但他很重要，大半个晚上都与被害者待在一起。

"你们不要以为，"科布先生捋了下头发说道，"我很了解普林格尔。我也是昨晚七点钟才见到他的。我在塔德沃斯错过了公共汽车——你知道，那只是一个巴掌大的地方——下一班车要九点钟才来。正当我拉着行李准备徒步到旅馆时，普林格尔顺路载了我一程。他说他不喜欢一个人开车，经常让人搭顺风车。真是个善良的家伙！"

埃格先生（他也在调查现场，毫无疑问，这个特权是来自拉梅奇督查对他的赞赏）对这种带着珠宝还招摇过市的鲁莽行为感到不寒而栗，又想起了已故的劳斯先生，著名的汽车燃烧案，心情低落。

"他是一个热心肠的老家伙，"科布先生感慨道，"活得无忧无虑。他把我带到这里——"

"你在卡索博雷有生意吗？"

"当然了！你知道的，照片。免费放大爸爸妈妈的结婚照，镀金的相框，每个只要二十五先令，物美价廉。你知道这个活动吗？"

"知道。"督察员回答，也明确表示了自己的怀疑。

"这是真的！"科布先生眨了眨眼，继续说，"好吧，我们一起吃了晚餐——一顿非常糟糕的晚餐。然后我们在酒吧的客厅里闲聊了一会。贝茨和酒保都看见我们了。之后贝茨和一些年轻人去打台球,我们一直坐到十一点左右。普林格尔突然匆匆离开,他说自己不舒服,我一点也不惊讶。那鲭鱼——"

"不要再纠结鲭鱼了,"蒙克说,"酒保说你和普林格尔在十点五十五分时还喝了酒,然后普林格尔才带上他的包去睡觉。你当时是直接去台球馆吗?"

"是的,马上。我们还玩了——"

"等一下。贝茨说你先打了个电话。"

"是的。但我确实是先上楼,发现贝茨和其他人刚结束。所以我说我先去打个电话,再和贝茨继续。你可以核对下通话时间。我打给了布尔,他在塔德沃斯。我的一副手套落在那个酒吧了。电话是一个男人接的,他说找到会寄给我的。"

督察员做了笔录。

"你打了多久的台球?"

"一直打到十二点十五分左右。然后贝茨说不打了,他明天得早起,于是我们喝完我赢他的饮料,我就上床睡觉了。"

督察员点了点头。这证实了店主的说法。

"我的房间在主楼层,"科布先生继续说,"不,不是靠近走廊的那一侧。但我洗澡时路过那里,因为浴室在走廊的楼梯旁。我回房间时大概十二点五十分,到处都是静悄悄的。"

"你和普林格尔在楼下谈什么?"

"哦,什么都聊,"科布先生不假思索地回答,"我们交换各自的故事。普林格尔还讲了一两个非常滑稽的笑话,我只是安静地听着。督察,要来根烟吗?"

"不用了,谢谢。普林格尔有没有无意中提及——嗯?拉格尔斯,那是什么?先生,稍等我一会儿。"

他走到门口和中士说了几句话,一两分钟后手里拿着一张照片回来了。

"我想你的摄影器材应该没有这种东西吧,科布先生?"

科布先生"吁"了一声,吐出长长的一口烟。

"没,"他说,"没有——嚄!你从哪儿弄来这么漂亮的东西?"

"你之前见过吗?"

科布先生犹豫了一会,说道:"好吧,既然你都这么问了,我确实见过。刚遇害的普林格尔昨晚给我看过。如果不是你开口问,我会绝口不提的。我不想说死者的坏话,但普林格尔确实精力有点旺盛。"

"你确定和昨晚见到的是同一个吗?"

"看起来很像。总之,上面的图像一模一样——同一个美丽的女士,连优雅的姿势都一样。"

"普林格尔把照片放哪儿了?"督查问道。他把照片拿回来,用回形针附在笔录后面——但埃格先生还是匆匆瞥了一眼,大吃一惊。

"他放在胸前的口袋里。"科布先生想了一会儿答道。

"我明白了。我想,普林格尔应该也和你说了他的工作吧。他有没有偶然说到一些关于防范小偷或诸如此类的话题吗?"

"他确实提到他包里有值钱的东西,所以总是锁着房门,"科布先生直截了当地回道,"但不是我问他的。他做什么和我毫不相关!"

"的确如此。好吧,科布先生,我该问的都问完了,破案前如果您能留在旅馆,我将不胜感激。很抱歉给您带来不便。"

"别客气,"科布先生体贴地说,"对我来说都一样。"他走出来,愉快地笑了。

"哼!"蒙克督察厌恶地说,"有件讨厌的事要你做。真是卑鄙下流,而且是个骗子。你看到那张照片了吗?照片边缘相当锋利,之前根本不可能塞在胸前的口袋里。看样子是刚从信封里拿出来的。我打赌,那家伙的行李箱里还有一系列这种不雅照,你肯定能查到。但他自然不会承认——因为出售它们是违法的。"

"这张是哪里找到的?"

"在普林格尔的床底下。如果不是科布的不在场证明,我敢肯定贝茨说的是实话,其实,厨师的窗户正对着台球室的窗户,她看到他们打到十二点十五分。除非他们都是同谋，这不太可能。而且普林格尔的包确实不知所踪。但我们连时钟的事都还没理清，你确定钟声敲了十二下吗？"

"绝对是。我不可能把一两下错听成十二下。"

"不，当然不会。"督察的手指在桌上有节奏地敲着，两眼放空。蒙蒂以为这是在下逐客令，于是回到自己的房间。床铺还没整理，残羹剩饭也还没倒掉，"狮鹫旅馆"本就邋遢的日常，遭遇这一悲剧后全乱套了。他把自己甩进一把弹簧断了的扶手椅里，点了一支烟，陷入沉思。

他沉思了十分钟左右，听到镇上整点的钟声，敲了十一下。他机械地等着，期待听到从厨房传来的悦耳钟声，但是什么也没有。然后他想起早上蒙克把指针往后拨了二十分钟，所以钟声一定是之后才响的。他大声惊叫，一跃而起。

"天哪！我真是个傻瓜！今天早上七点钟，镇上的钟声敲响之后，厨房的钟立刻也响了。但昨晚我根本没听到镇上的钟声。厨房里的钟一定是以某种方式调整过或怎样。除非，除非，除非，天哪！会不会是那样？对，是的，很有可能。就在钟声敲响十二下之前，沃特斯停止了打鼾。"

蒙蒂从房间跑出来，急急忙忙奔往8号房。这里和他自己的房间一样，杂乱不堪，似乎几个星期都没人打扫过。沃特斯的床头柜紧挨着两个房间中间薄薄的挡板，上面的灰尘中有个印记，好像夜里放过一个长约三英寸到三英寸半的物体。

埃格先生突然跑出房间，沿着走廊向前。他上楼梯时，在昏暗的台阶上跌倒了，咒骂一句后赶紧转过拐角，冲进了浴室。浴室的窗户对着一条狭窄的街道，一端与大路相通，另一端连着一条通往仓库的车道。埃格先生又冲下楼，正好碰见刚从咖啡室出来的蒙克督察。

"抓住科布！"埃格先生气喘吁吁地说，"我想我已经破解了他的不在场证明。沃特斯去哪儿了？我想给他打电话。快点！"

"沃特斯说他要坐火车去索咯斯特。"蒙克诧异地说。

"那么，"蒙蒂根据他的职业知识分析道，"他可能在'响铃旅馆'投宿，也可能在拜访亨特、梅里曼、哈克特和布朗。我们一定能在这些地方找到他。"

半小时忙乱的通话后，终于在索咯斯特一家著名的糖果公司找到了沃特斯。

"沃特斯，"蒙蒂倒吸 口气，急切地说，"老朋友，我需要你回答一些问题，你以后再问我为什么。别管这些问题听起来多么愚蠢。你有带旅行钟吗？带了吧？什么样的？老式打簧钟吗？是吗？大约三平方英寸，方形的？昨晚放在你的床头柜上？钟声是撞击螺旋弹簧发出来的吗？真的吗？谢天谢地！钟声柔和，低沉，频率很快，像教堂里的钟？是的，是的，是的！现在，老朋友，好好想想。你昨晚是不是半夜醒来，敲了下那个打簧钟？有吗？你确定？好样的！什么时候？它敲了十二下？那是几点钟？十二点钟到一点钟之间？那么，看在上帝的份上，沃特斯，搭下一班火车回卡索博雷。你那该死的钟让我们俩差点成为一起谋杀案的帮凶！是的，谋杀……等一下，蒙克督察有话和你说。"

"好吧，"当督察放下话筒后说道，"你的发现让案件有了突破性的进展，这个突发奇想真是太棒了！现在，我们要去搜查猥琐·科布先生的行李箱，看他是不是有更多艳照。我想科布应该都给普林格尔看过吧！"

"肯定是这样。我不明白凶手是怎么闯进房间的？普林格尔肯定会锁门。当然，他会特意为科布留门，因为科布答应过稍后会溜进来，给他看一些令人血脉偾张的东西——'一定要悄悄地看'诸如此类的告诫。当普林格尔不小心喊出声把我引来时，科布肯定吓了一跳。但我不得不说，他很聪明。在他们这一糜烂的行业里，科布绝对算是优秀的销售员。正如《推销员手册》中所说的：'不要让突如其来的问题困扰你，要永远保持你的智慧和冷静。'"

"但是，听我说，"督察员问道，"他怎么处理普林格尔的包？"

"从浴室的窗户扔出去给他的同谋,那个人接到电话后从塔德沃斯赶过来。哎呀,该死!"蒙蒂扶额大喊,"我听见楼下有车子经过,就在那讨厌的钟声敲了十二下之后。"

杏仁利口酒
蒙塔古·埃格的故事

"见鬼！"蒙塔古·埃格先生惊叹道，"又有一位老主顾归西了！"

他双眉紧锁，盯着手中的晨报，报纸上说当天将检验伯纳德·维普利先生的尸体。伯纳德·维普利先生是一个相当富有却行为古怪的老绅士，普卢梅特和罗斯公司不时向他提供大量精制葡萄酒、陈年烈酒和上等利口酒。

维普利先生曾不止一次邀请蒙蒂去品尝他的珍藏，坐在位于雪松草坪高档住宅的舒适书房里——品评着维普利先生亲自从酒窖里小心翼翼地端出来的精美波尔图葡萄酒，或从壁龛里高大的红木柜上取出一瓶白兰地利口酒。

有关酒的事情,维普利先生从不假手于人,一向亲力亲为。他说决不能相信仆人,他可不想看见美酒被盗取,或厨师躲在厨房里偷偷喝酒的事情发生。

埃格先生眉头紧锁地叹了口气,但当他看到维普利先生是因为餐后喝了一杯薄荷利口酒,从而氢氰酸中毒而亡时,他的眉头拧得更紧了。

供酒商发现自己的顾客喝完酒后突然中毒身亡,自然是痛心疾首,何况这也会影响生意。

埃格先生瞥了一眼手表。他此刻读晨报所在的城镇,离已故的维普利先生的居住地只有十五英里。蒙蒂决定还是赶去验尸现场为好。无论如何,他有职责提供证词,证明普卢梅特和罗斯公司所提供的薄荷利口酒是无害的。

因此他一吃完早餐便驱车赶往现场,并给验尸官递上自己的名片,在拥挤的审讯室里获得了一席之位。

第一个证人是女管家,明钦夫人,一个矮矮胖胖的老人家,谦卑得近乎夸张。她说她服侍维普利先生已经二十多年了。老先生年近八十,非常活跃和健朗,只是他的心脏不太好,毕竟上了岁数,在所难免。

她一直觉得维普利先生是一位好雇主。他对开支可能比较吝啬,对家务也很挑剔,但她并不觉得排斥。因为如果涉及到利益问题,她也会和先生一样谨慎小心。自从他的太太去世后,明钦夫人一直替他打理这所房子。

"星期一晚上,他和往常一样,精神很好,"明钦夫人继续说,"雷蒙德·维普利先生下午打过电话,说会过来用晚餐——"

"他是维普利先生的儿子吗?"

"是的,他唯一的孩子。"说罢,明钦夫人瞥了一眼坐在埃格先生身边不远处证人席上一位单薄瘦弱、脸色蜡黄的中年人,此时正意味深长地叹气。"塞德里克先生和太太一直在家里,塞德里克·维普利先生是维普利先生的侄子,先生是他唯一的亲人。"

埃格先生顺着她的目光看过去,那是一对打扮时髦的年轻夫妇,一身黑衣,坐在雷蒙德先生的另一侧。

明钦夫人继续说道:"雷蒙德先生是六点半驾车到达的,一进门就去书房看他的父亲。七点十五分晚餐铃声响起时,他才出来。我和他在餐厅擦肩而过,我觉得他看起来心烦意乱的。维普利先生没有出来,于是我进去叫他。他正坐在书桌前,读一些在我看来类似法律文件的东西。我开口问:'打扰一下,维普利先生,先生,你听到铃声了吗?'他身体的其他机能都还算敏锐,只是有时候听力不好,毕竟上了年纪。先生抬头看了看,说:'好的,明钦太太。'然后又埋头做自己的事。我在心里暗自嘀咕着:'雷蒙德先生又惹他不开心了。'在七点半——"

"等一下。你对雷蒙德先生有什么看法?"

"哦，没什么，只是维普利先生不赞成雷蒙德先生的所作所为，他们有时会发生争执。维普利先生不喜欢雷蒙德先生的生意。"

"七点半时，"明钦夫人继续，"维普利先生上楼穿衣服，他看着没什么异常，只是有点疲倦，步履沉重。我在大厅里等着，以防他需要帮忙，他从我身边经过时，吩咐我打电话给怀特海德先生，叫他第二天早上过来——怀特海德先生是一名律师。他没有说为什么。我按照先生的吩咐打了电话，他七点五十分下楼时，我告诉他怀特海德已经收到消息，并答应明天早上十点钟过来。"

"还有别人听见你说的那番话吗？"

"有的。雷蒙德先生和塞德里克夫妇都在餐厅里喝鸡尾酒，他们一定都听见了。晚餐从八点开始——"

"吃晚餐时你在场吗？"

"没有，我向来都是在自己的房间里用餐。晚餐大概八点四十五分结束，然后用餐女侍会把咖啡端到客厅给塞德里克夫妇享用，还有书房里的维普利先生和雷蒙德先生。我独自一人待在房间里，直到九点钟塞德里克夫妇进来找我聊天。我们一直在一起，快到九点半时，突然听到书房门'砰'的一声关上，几分钟后，雷蒙德先生进来了。他看上去很奇怪，戴着帽子还穿着外套。

"塞德里克先生打招呼：'嘿，雷！'雷蒙德先生却没有理睬，只是对我说：'明钦夫人，我还是不留下过夜了，我得马上回伦敦。'我说：'好的，雷蒙德先生。维普利先生知道你临时要回去吗？'他笑得有点勉强，回道：'哦，是的，他都知道。'他又转身出去了，塞德里克先生紧随其后，我想，他好像说了一句话：'别生气，老兄。'塞德里克太太对我说，她担心雷蒙德先生可能又和老先生吵架了。

"大约十分钟后，我听到两位年轻先生下楼的脚步声，急忙跑出去看看雷蒙德先生有没有落下什么东西，因为他总是丢三落四的。就在他和塞德里克先生准备出门时，我抓住他落在衣帽架上的围巾赶紧追上去。他开着车很快离开了，我和塞德里克先生一起进屋。

"当我们经过书房时，塞德里克先生说：'我不知道我叔叔——'他停顿了下，说道，'算了，今晚还是让他一个人静一静吧！'我们回到我的房间，塞德里克太太还在那儿等着我们。她问：'怎么了，塞德里克？'他回答：'亨利叔叔已经在调查埃拉的事。我告诉雷最好小心一点。'她说：'哦，天哪！'然后我们就转移了话题。

"塞德里克夫妇一直陪着我到十一点半才去睡觉。我整理好房间后，按照惯例把整个房子巡视一遍。当我关掉大厅的灯时，我发现维普利先生书房里的灯还亮着。他一般不会熬夜到这么晚，所以我想去看他是不是趴在书上睡着了。

"我敲了敲门，却没有听见任何响动，于是我径直走了进去，发现他仰面倒在椅子上,已经死了。桌子上有两个空的咖啡杯和两个空的烈酒杯,还有半瓶长颈瓶装的薄荷利口酒。我立刻给塞德里克先生打电话,他告诉我不要碰任何东西,赶紧给贝克医生打电话。"

下一个证人是用餐女侍,一直在餐桌旁。她说晚餐期间除了维普利先生和他的儿子都很沉默,心事重重外,并没有发生不同寻常的事。

用餐结束时,雷蒙德先生打破沉默:"听我说,爸爸,我们不能就这样把事情扔着不管。"维普利先生说:"如果你改变了主意,最好马上告诉我。"然后吩咐把咖啡送到书房。雷蒙德先生说:"我不会改变主意,可是如果您只听——"维普利先生没有做出任何应答。

女侍端着咖啡和烈酒杯到书房时,看见雷蒙德先生坐在桌旁。维普利先生站在酒柜前,背对着他儿子,显然他当时在取餐后利口酒。

他问雷蒙德先生:"你要喝什么?"雷蒙德先生回答:"薄荷利口酒。"维普利先生说:"你应该——那是女人喝的酒。"女侍离开后就再也没见过他们俩中任何一位。

埃格先生听到不由自主地笑了,他似乎能想象老维普利先生说这话的神情。

当验尸官继续传唤塞德里克·维普利先生时,埃格先生又连忙绷紧胖乎乎的脸,摆出一副更加严肃的表情。

塞德里克先生证实了管家所说的一切。他说自己三十六岁,是"弗里曼和托普莱迪"出版社的新合伙人。他很清楚维普利先生与他儿子吵架的原因。其实,维普利先生邀请他和他的妻子来做客,也是为了和他们商量对策。这些麻烦事与雷蒙德想和某位小姐订婚有关。

维普利先生曾一时冲动说要更改遗嘱,但他(塞德里克)劝其三思而后行。悲剧发生的当晚,他陪雷蒙德上楼,从雷蒙德那里了解到,维普利先生威胁要剥夺他的继承权。维普利告诉雷蒙德别紧张,老人家总会"冷静下来"的。雷蒙德却曲解了他的好意。

雷蒙德离开后,他原以为还是让老人独自待着会好一些。他和妻子离开明钦夫人的房间后,就径直上楼了,并没有进去书房。大概过了十五分钟,他一接到明钦夫人的电话就飞奔下楼,发现他的叔叔已经死了。

他俯身检查,发现死者嘴唇上有股淡淡的杏仁味;又凑近闻了闻烈酒杯,不过没有碰到杯子,其中一只杯口上竟然也残留着杏仁味。他已经吩咐过明钦夫人不要动任何东西,保留原样,于是他突然意识到:叔叔可能是自杀。

雷蒙德·维普利先生在验尸官面前的桌边坐下时,人群发出一阵骚动。他面黄肌瘦,没有男子汉的阳刚之气,年龄大概三十到四十岁之间。

他介绍自己的职业是一名"摄影艺术家",在庞德街有个工作室。

他的"表现主义"以研究男人和女人闻名,在伦敦西区(基本上是豪华住宅区)已经小有名气;但父亲墨守成规,固执己见,一直反对他的工作。

"我可以了解,"验尸官说,"摄影行业经常用到氢氰酸。"

这个问题对他很不利,雷蒙德·维普利先生却莫名其妙地笑了。

"氰化钾,"他毫不掩饰地说,"哦,天哪,是的。用得还相当频繁。"

"你熟悉它在摄影中的用途吗?"

"哦,是的。虽然我自己不经常使用,但的确有一些,如果这是你想知道的。"

"谢谢。现在你能告诉我,你和你父亲所谓的意见分歧是指什么吗?"

"可以。他发现我准备和一个舞女结婚,我不知道是谁告诉他的,可能是我表哥塞德里克。当然,他肯定不会承认,不过,我倒希望是爱开玩笑的老塞德里克干的。我父亲派人来找我,还为此大发雷霆。你知道的,他这个人顽固不化。晚餐前我们就闹得很不愉快,晚饭后,我要求和他再谈一谈——我原以为可以说服他,但他真的蛮不讲理,我实在受不了。心烦意乱之下,我甩头就走,直接回到镇上。"

"他说过要找怀特海德过来吗?"

"哦,说过。他说如果我执意和埃拉结婚,就取消我的继承权。他一直都是个非常严苛的家长。我说,取消就取消吧。"

"他说了新遗嘱由谁继承吗?"

"不,这倒没有。我觉得塞德里克一定有份。毕竟,除了我,他是唯一的亲人。"

"你能详细说下晚餐后你们在书房发生了些什么吗?"

"我们进去后,我坐在靠近壁炉的桌子旁。爸爸去酒柜前取酒,他收藏了很多烈酒和利口酒。他问我想喝什么,我说薄荷利口酒,他还一如既往地嘲笑了我一番。他取出酒瓶让我自己倒,刚好那个女仆端了酒杯进来,于是我自己倒了一杯。我喝了咖啡和薄荷利口酒,但他什么都没喝,至少我在的时候是这样。他很激动,走来走去,用各种理由威胁我。

"一会之后,我说:'您的咖啡要凉了,爸爸。'然后他骂我见鬼去吧,我说,'您说得对。'他又用一些不堪入耳的话来评论我未婚妻。我怕自己大发脾气,说出一些——应该说是,大逆不道的话。于是我'砰'的一声把门甩上就出去了。我离开时,他站在桌子后面,面对着我。

"我去告诉明钦夫人,我要回镇上。塞德里克插嘴进来,但我告诉他,我知道这些麻烦都是拜谁所赐,如果他想要老头子的钱,尽管拿去好了。这就是我所知道的一切。"

"如果你父亲和你在一起时什么也没喝,你怎么解释这两个酒杯和两个咖啡杯都被用过的事实？"

"我想应该是我走后他用了自己的杯子。我在书房时，他什么都没喝，这一点我很肯定。"

"你离开书房时他还活着吗？"

"当然！"

律师怀特海特先生一一解释了死者的遗嘱条款。每年收益的2000英镑分给塞德里克先生，继承权归剩余遗产承受人雷蒙德先生。

"死者曾表达过要更改遗嘱的意图吗？"

"是的。在他去世的前一天，他说对他儿子的行为大失所望，除非雷蒙德有足够的理由说服他，否则他将剥夺其继承权，每年只留给他1000英镑，剩下的遗产全部交给塞德里克·维普利先生。他说不喜欢雷蒙德的未婚妻，绝不会让那个女人的孩子得到一分钱。我曾试图劝阻他，但转念一想，他应该是认为这样一来，那位小姐知道他的意图后会取消婚约。明钦太太晚上打来电话，我自然而然地以为维普利先生想立一个新遗嘱。"

"但由于他来不及这样做，雷蒙德·维普利先生是遗嘱继承人这件事现在还成立吗？"

"依然成立。"

接着，该县警方布朗督察也提供了指纹证据。他说，其中一个咖啡杯和一个烈酒杯上的指纹是雷蒙德·维普利先生的，而另一个咖啡杯和有毒的玻璃杯上，是老维普利先生的指纹。茶杯和烈酒杯上没有其他人的指纹，当然，除了那位用餐女侍的指纹。薄荷利口酒的酒瓶上也只有父子俩的指纹。

考虑到自杀的可能性，警方搜遍了房间里任何一个角落，搜索可能装毒药的瓶子或小药瓶。结果，无论是柜子上或其他地方都没有找到任何东西。其实，他们从壁炉后面找到了一块碎片，是烧到一半的瓶盖铅箔，边缘上刻有"……AU……包装"的字样。

但是，从盖子的尺寸推断，这个瓶子应该有半升之大，一个打算自杀的人购买半升氢氰酸，这似乎极不可能！但房间里也找不到其他新开的、瓶口大小又与其吻合的瓶子。

这时，埃格先生潜意识里产生了一个可怕的想法——他曾经在书中看过的模糊记忆浮现在他的脑海里。他再也无心顾及布朗督查呈示出的其他一些纯属形式上的证据，只是在厨师和女仆互相作证说他们整个晚上都待在一起时，他才再次提起注意力，此时，验尸官传唤医生出示死亡医学证明。

他说死者确实是氢氰酸中毒而亡。虽然胃里只发现少量的氰化物，但对于他这个年龄、体质又虚弱的人来说，即使是小剂量也足以致命。氢氰酸是所有已知毒药中致命速度最快的药物之一，吞下后只需几分钟便会失去意识，继而死亡。

"医生，你第一次看到死者是什么时候？"

"我十一点十一分到的。维普利先生当时至少已经死了两个小时，甚至可能更久一点。"

"那么，他有没有可能在你赶过来的这半小时内才死亡？"

"不可能。我断定死亡时间在九点半左右，而且绝对不超过十点半。"

紧接着分析员的化验报告也出来了。经检测，那瓶薄荷利口酒和两杯咖啡渣都是无毒的。两个烈酒杯里还剩几滴薄荷利口酒，其中一杯——留有老维普利先生指纹的那杯——有明显的氢氰酸痕迹。

验尸官还没做出死因总结，但形势似乎对雷蒙德·维普利先生很不利。首先，他有犯罪动机，而且只有他能轻易得到致命的氢氰酸，死亡时间也几乎与他的焦躁不安、匆忙离家的时间吻合。

自杀似乎被排除在外；房子里的其他成员都可以互相提供不在场证明；也没有任何迹象表明有陌生人进屋。陪审团不可避免地做出裁决：雷蒙德·维普利涉嫌谋杀。

埃格先生快步走出法庭。两件事一直困扰着他——依稀记得在书上看到的告诫以及明钦夫人的证词。他走到村庄里的邮局，发了一封电报给他的雇主。然后他又徒步来到当地的客栈，点了一份下午茶，慢慢地吃着，可思绪却游离在别处。他有一个预感，这个案子揭开后会对生意极其不利。

大约一个小时后,他收到了电报的回信。上面写道:"1893 年 6 月 14 日。1931,弗里曼和托普雷迪。"并且电文上还有普卢梅特和罗斯公司高级合作方的签名。

埃格先生那张看上去令人感到愉快的圆脸瞬间覆上一层困惑和苦恼的阴云。他把自己独自一人关在房间里,打了一通昂贵的长途电话到镇上。当他重新跨出房门时,没那么困惑了,但仍然愁眉不展。他上了车,出发去找验尸官。

那位官员十分热情地接待了他。验尸官是一个精神饱满、面色红润的人,看上去洞察力非凡,处事干脆利索。埃格先生登门拜访时正好碰见了布朗督查和警察局局长。

"埃格先生,"验尸官说,"我想您一定很欣慰,这桩不幸的案件没有对你们公司的声誉造成影响。"

"这正是我冒昧来访的原因,"蒙蒂说,"生意归生意,但另一方面,事实就是事实,我们随时准备好面对事实。我给普朗米特先生打过电话,他委托我向你们说清缘由。"

"如果不是我,"埃格先生坦率地说,"其他人也可能这么做,到时候事情只会更糟。不要等到一发不可收拾的地步。'如果真相迟早要揭露,务必由自己先开口。'蒙蒂的格言——来自《销售员手册》的一句话。

一本很畅销的书，介绍了许多常识。说到常识，这本书一点也不会伤害到我们的年轻朋友，是吧？"

"你是指雷蒙德·维普利吗？"验尸官说，"依我看，那个年轻人就是个奇葩。"

"你说得对，先生，"督察员赞成，"我见过许多愚蠢的人，他是最傻的。愚笨至极，这么说一点也不为过。他和父亲吵架，谋杀后又以这么可疑的方式逃跑——他为什么不直接举块发光的牌子，写上'我是凶手'？但正如你所说的，我觉得他不会笨到那种地步。"

"好吧，那也有可能，"蒙蒂说，"但现在最重要的，是老维普利先生。听我说，警官们，我了解我所有的客户，因为这是我的工作。他们的喜好我都了如指掌。如果一个顾客喜欢清淡的干型雪莉酒，你却给他提供1847年产的欧勒罗苏酒，或者愚弄一个可以为年份波特酒进行持久的讨价还价的顾客，根本不会有好结果。"

"现在，我想请诸位告诉我，为什么已故的维普利先生也喝了薄荷利口酒？他只是为了女士才收藏这瓶酒；味道也是他无法接受的。你们听到他对雷蒙德先生说的话了吧。"

"这正是问题的关键所在，"警察局长说，"应该说我们曾经想过这个问题。他一定把毒药放在了什么东西里面。"

"好吧，我只想说，记住这一点——如果谋杀是陪审团推断的那样，那么凶手就愚蠢之极。现在还是先谈谈瓶盖的铅箔吧！我就此告诉各位一些事。我没有介入审讯，因为当时我还没有找到事实，但现在我清楚了。警官们，显而易见，既然书房里有瓶盖，就一定有它所属的瓶子。可是瓶子在哪儿？一定放在什么地方了。瓶子就是瓶子，事情都已经这样了。

"警官们，维普利先生和我的雇主，普卢梅特和罗斯公司，打交道已经有五十多年了。我们公司是一家老牌公司。那种盖子是由两名法国运货商组建的公司生产的。他们的公司已经于1990年破产清算，普雷拉蒂尔和西尔是他们俩的名字，而我们曾是他们在这个国家的代理商。现在，那个瓶盖就来自于他们生产的一瓶果仁白兰地酒——诸位都能看见印在上面的最后两个字母——而且我们也曾于1893年6月14日给维普利先生送过一瓶普雷拉蒂尔的果仁白兰地酒和一些其他烈性酒样品。"

"果仁白兰地酒？"验尸官饶有兴趣地问。

"医生，我想这应该对你有所启发吧！"埃格先生说。

"确实，"验尸官说，"果仁白兰地是一种带有苦杏仁味或桃石味的利口酒——埃格先生，如果我说得不对，请及时纠正我——还含有微量氢氰酸。"

"就是这样，"蒙蒂说，"当然，一般情况下，小酌一杯甚至两杯都不可能对身体造成危害。但如果这瓶酒放置的时间过久，里面的油会漂浮在酒的上面，这样一瓶年代久远的白兰地酒倒出来的第一杯很可能致命。我了解这些是因为我曾在一本名为《食物与毒药》的书中看过，那本书是几年前由弗里曼和托普莱迪出版公司出版的。"

"塞德里克·维普利的公司。"督察说。

"没错！"蒙蒂回答。

"确切地说，你在暗示什么，埃格先生？"局长迫不及待地问道。

"不是谋杀，警官，"蒙蒂说，"对，不是谋杀——虽然我也这么猜测过。我估计，雷蒙德先生离开书房后，老先生变得更加焦躁不安，就像一个人经历了许多烦心事那般。他喝完那杯已经凉了的咖啡后，还想喝点烈性利口酒消除烦恼。"

"于是他走到了酒柜边——似乎并没有非常想喝什么，只是碰巧拿到这瓶果仁白兰地的陈年佳酿。他取出酒瓶，撬开瓶盖并随手将铅箔片扔进壁炉里，接着又用启瓶器拔出了瓶塞，我曾多次看见他这样做。然后，他倒出了第一杯酒，根本没意识到危险的存在，坐在椅子上一饮而尽，他甚至来不及呼救就死了。"

"这简直太巧了，"警察局长说，"可是瓶子和瓶塞在哪儿？而且你怎么解释烈酒杯里的甜薄荷酒呢？"

"啊！"蒙蒂说，"你说到重点了。有人发现了老维普利的猝死，但此人并不是雷蒙德先生，因为一切保持原状才对他有利。可是试想想，大约在十一点半的时候，明钦太太当时还在整理房间，其他用人都已经上床睡觉了，可是有一个人走进书房还发现维普利先生已经仰面倒在椅子里死了，身旁就放着那瓶果仁白兰地，所以此人应该猜到发生了什么。

"假设这个人接着把启瓶器放回酒柜，还把雷蒙德酒杯里的甜薄荷酒倒了几滴到死者的酒杯里，随后带走了那瓶果仁白兰地，准备空闲时再处理掉。那么接下来会发生什么事呢？"

"可是此人怎么做到这一切而没有在雷蒙德先生的酒杯上留下任何指纹呢？"

"很简单，"蒙蒂说，"他只需用两根手指的根部夹住酒杯的杯脚就可以了，所以你们只能发现杯底上一点模糊不清的印记。"

"那动机是什么？"警察局长置疑道。

"哦，先生们，那就不需要我细说了吧。如果雷蒙德先生因谋杀亲父而被处以绞刑的话，我猜想他父亲的财产就会被交到最近的亲戚手里——交给那位出版果仁白兰地酒相关书籍的先生。"

"真的很遗憾，"埃格先生说，"我们公司提供的产品出了问题，不过诸位应该能理解。如果事故已经发生，而你也应该承担责任，最好采取措施以避免重蹈覆辙。倒不是说我们应该承担所有责任，相反地，商品本身是无毒的。或许，我们今后的货单里最好插入警告说明字样。"

"我还有一条建议，先生们，请允许我献给诸位我们普卢梅特和罗斯公司的百年纪念册。一部印刷、装订都非常精美的书籍，绝对值得摆放在任何一家图书馆的书架上。"

理发师巴德先生的妙计
五百英镑的奖赏

为了深入推进司法公正,《晚间信使报》决定提供以上金额悬赏线索提供者,以逮捕威廉·斯特里克兰。此人化名博尔顿,近来因涉嫌曼彻斯特阿卡西亚·克里森特五十九号的埃玛·斯特里克兰被杀一案而被警方通缉。

通缉犯样貌描述

官方对威廉·斯特里克兰的描述如下:年龄四十三岁,身高六点一英寸或六点二英寸;脸色黝黑;头发浓密,呈银灰色,也可能会乔装染色;满脸灰白色络腮胡,现在可能全部剃干净;眼睛呈浅灰色,两眼眼距较近;鹰钩鼻;牙齿洁白整齐，笑起来非常醒目，左上方犬齿为金牙镶嵌；左手大拇指指甲在最近的一次撞击事件中受损。

讲话声音洪亮，语速快而干脆。口才相当出色。

该嫌犯可能身着灰色或深蓝色立领西装（尺寸大约为十五号），头戴一顶质感柔软的帽子。

于本月五日潜逃，可能已经或者正在设法逃离本国。

巴德先生再次仔细浏览了一遍警方的通缉令，深深地叹了口气。伦敦有这么多家理发店，威廉·斯特里克兰绝对不可能挑中他这家不起眼的小理发店来理发或者刮胡子的，更不可能来染发。即使他还在伦敦，巴德先生也找不到任何那个家伙可能来光顾的理由。

命案已经过去三个星期了，威廉·斯特里克兰很可能已经迫不及待地逃之夭夭了，连免费献殷勤的机会都没有了。尽管如此，巴德先生还是尽可能地记住嫌犯的样貌特征。这是一次难得的机遇——对他来说，无论是填字比赛、抽签活动、骗人的海报投票，还是"晚间号角"组织的寻宝活动都是机遇。在这一贫如洗的日子里，只要看到任何带有令钱字眼的标题，巴德先生都会双眼泛光，无论是五万英镑还是一周只有十英镑的生活补贴，甚至是少得可怜的几百便士，对他而言，都极具诱惑。

巴德先生到了这样一个安享晚年的岁数，却还在羡慕报纸上那些获奖者，似乎有点不可思议。马路对面的那个理发师难道不曾经历过艰难岁月吗？那家伙去年还只能靠售卖廉价的香烟和连环画赚点蝇头小利，勉强维持生计，可是最近却买下了隔壁的蔬菜水果店，甚至雇用了一群发型精致的助手来装点门面。他那新开张的"女士理发店"里挂着紫黄相间的窗帘，两排大理石洗发槽闪着亮光，一台维多利亚式的枝形吊灯一直在旋转。

难道他没有安装过电子牌匾吗？猩红色花边，也会不停地闪烁，就像小猫在拼命追逐彗星的尾巴似的。难道他不曾身前身后都挂着广告牌，甚至现在还经常举着发光的"处理与降价"告示牌穿梭在人行道？难道非要在每天关门前，还有一大波年轻妇女拼命想挤进那香水味浓郁的理发店，希望洗个头或烫个发？

即使接待员遗憾地摇头把她们拒之门外，她们也决不会考虑过个马路，到对面巴德先生那光线阴暗的理发店。她们会提前几天就预约，然后一边耐心地等待，一边焦急地将手指插进脖颈后浓密的头发里，或拨弄耳后散落的几丝碎发，头发又很快从指缝间滑落。

日复一日，巴德先生注视着她们在竞争对手的店里进进出出，他满怀期待，甚至默默祈祷着她们中间有一些人走到这边来关照他的生意，但一次都没发生过。

尽管如此，巴德先生依然觉得自己是一名出色的艺术家。对面理发店剪出来的短发,他永远都不会苟同,更不用说收取三先令六便士的高价。颈后的线条打理得非常僵硬,这样的短发对一个好看的脑袋来说是一种诋毁,对一个难看的脑袋则是雪上加霜;一个只当了三年学徒的女孩子,在一个手忙脚乱的下午匆匆忙忙赶出来的作品,一个没有付出诚心的糟糕作品,而且这个女孩子到底有没有"学成出师"还仍未可知。

还有关于"染发"——这是他最爱谈论的话题,曾经满腔热情地研究过——要是那些爱折腾的家庭主妇来他的店就好了!他会温和地劝阻她们别把头发染成可怕的红褐色,因为看上去像金属机器人一样——他会提醒她们不要盲目跟风广告上大肆宣传的发型,因为成效是无法预料的;他还会汲取多年的经验,运用炉火纯青的技术为她们染出自然的发色。

但是,除了那些挖土工人、游手好闲的年轻人以及在威尔顿大街下开采石油的辛勤工人外,根本没有人来光顾巴德先生的理发店。

巴德先生为什么就不能受命运眷顾,发一笔横财,也拥有大理石洗发槽和电子设备?

原因是令人深感悲哀,所幸对本故事无甚影响,所以还是可以怀着同情之心进行简短阐述的。

巴德先生有一个弟弟叫理查德,他曾经答应过母亲要好好照顾弟弟。在原来那段快乐的日子里，巴德先生也曾在家乡北安普敦拥有自己的生意，还做得风生水起，理查德那时候是一名银行职员。可是后来，理查德却误入歧途（可怜的巴德先生曾为此深感自责）。他与一个女孩感情不顺，又因为赌马欠下一屁股债，于是他决定破罐子破摔，从银行挪用公款。可惜他还是不够聪明，不能瞒天过海地把账目做得天衣无缝。

银行经理是一位因循守旧又顽固不化的人；他起诉了理查德。巴德先生不得不偿还银行和赌马处一大笔钱，还在理查德入狱时资助那名女孩。等弟弟刑满出狱，巴德先生又出资让他们去了澳大利亚，并给了他们一些财物重新生活。

但是这一切耗尽了巴德先生所有的积蓄，况且他也无法再面对北安普敦的父老乡亲，毕竟这些人对他的生活知根知底。他彻底从那些邻居的眼里消失，逃到了伦敦，并在皮姆里科买下了这个小小的店铺。刚开始，这家理发店经营得还算顺利，可是自打美发行业掀起新潮流，他的这家小店就因资金不足而遭到了抹杀。

这正是为什么巴德先生一看见那些带有金钱字眼的标题就异常兴奋的原因。

巴德先生放下报纸的同时，瞥见了镜子里的自己，不禁笑了出来。他经常自娱自乐。镜子里的自己怎么看也不像一个能仅凭一人之力抓住凶残杀人犯的人。他正好四十五岁——大腹便便,蓬松的花白头发,头顶有点秃(有遗传,也有焦虑的原因),身高最多六英尺,灵巧的双手,而这也是作为一名理发师所必备的。

即使手里握着剃须刀,他也无法与那个身高六点一英尺或者六点二英尺的威廉·斯特里克兰相抗衡。那个凶残的家伙残暴地击打自己年老的姨母,致其死亡,甚至还像屠夫一般卸掉了她的四肢,并残忍地将尸体的残余部分抛弃在一只铜质容器里。巴德先生一边半信半疑地摇了摇头,一边踱步到门口。他绝望地看了一眼马路对面那家忙碌的理发店,正好与一位身材魁梧、匆忙闯进来的客人撞了个满怀。

"请您再说一遍,先生,"巴德先生小心翼翼地低声说,非常担心自己会因此而丢掉了这桩哪怕只有九便士的买卖,"只是出来呼吸呼吸新鲜空气吧,先生?需要剃胡子吗,先生?"

那个身材高大的男人还没等巴德先生谄媚地伸出双手便径直脱下了外套。

"你想找死吗?"他突然大声吼道。

突如其来的问题让巴德先生不禁警惕地想起了那桩凶杀案,他一时间几乎丢掉了自己的职业习惯。

"真对不起,先生。"巴德结结巴巴地回应着,心里断定这个人一定是个传教士。他的眼睛明亮却有点奇怪,一头浓密的短发呈鲜艳的大红色,下巴上胡子微微翘起。或许他自己还需要别人来捐助呢!那就比较麻烦了!巴德先生已经把他当做一个能赚九便士的小买卖,或者说,算上小费可能还有一个先令。

"你会染发吗?"来人不耐烦地问。

"哦!"巴德先生如释重负地说,"会的,先生,当然会。"

这真是撞上好运了。染发就意味着一大笔钱——他在脑子里猛然间将价格上涨到七先令六便士。

"太好了!"那个男人坐了下来,巴德先生将围裙系在他的脖子上(此时客人已经安心地留在了他的小店里——不可能肩上披着白色的棉质围裙还往外冲)。

"其实,"那个男人说,"是我女朋友不喜欢红色的头发,她说太招摇了。她们公司的那些女人总是拿这件事开玩笑。她比我年轻得多,我喜欢满足她的愿望。我想或许可以染个低调一点的颜色,怎么样?深棕色,这应该是她比较喜欢的颜色。你有什么建议吗?"

巴德先生觉得年轻女士们可能会认为深棕色比原来的大红色更滑稽可笑,可是就生意人的利益而言,他还是违心地附和说深棕色很适合,而且不像大红色那般引人注意。而且,很可能根本就没有什么所谓的女朋友。他知道,如果一个女人来染发,她会直截了当地说自己想换个发色,或者尝试一下,或者她觉得自己适合哪种颜色。可是如果一个男人要干蠢事,他会尽可能地把责任推到别人身上。

"很好,"顾客说,"那就开始吧。我觉得下巴上的胡子也必须刮掉,我女朋友不喜欢络腮胡。"

"很多年轻女士都不喜欢,先生。"巴德先生说,"现在,大胡子已经不像过去那样流行了。值得庆幸的是,您刮掉胡子也一样帅气。先生,下巴抬一下。"

"你真的觉得帅吗?"男人有点忧虑地审视着自己,"很高兴听到你这样说。"

"您要不要把嘴唇上的胡子也剃掉呢,先生?"

"哦,不——不,我想只要我女朋友同意,我还是可以留着的,是吧?"他哈哈大笑,巴德先生附和的同时注意到顾客那一口整齐的牙齿,还有一颗闪亮的金牙。显然,他很舍得为自己的形象花钱。

巴德先生已经开始想象这位富裕、绅士的顾客向所有的朋友推荐他"这个人"——"很不错的伙计——技术高超——大概就在维多利亚车站的后面——你自己肯定找不到这个店——只是个小地方,但是自己清楚对方是怎样的人——我会把这些情况记下来给你。"这么美好的计划一定要保证万无一失。染发是件棘手的事——近来报纸上就报道过这样一个例子。

"我看您之前染过一次头发,先生。"巴德先生毕恭毕敬地说,"您能不能告诉我……"

"哦?"客人说,"哦,是的——好吧,其实就像我刚才说的,我未婚妻比我年轻很多。我想你一定看得出来我的头发很早就发白了——我父亲也是如此,我们家所有的人都这样——所以我把头发染了色,你看,有几根头发又变白了。但是我未婚妻不喜欢这种颜色,所以我想,如果我不得不染发,为什么不选她喜欢的颜色呢?这样就皆大欢喜了,你觉得呢?"

那些没头脑的人经常嘲笑理发师总是唠唠叨叨的。这正是理发师的智慧所在,能听到许多秘密和谎言。他会察言观色,巧舌如簧,话题也因人而异,比如天气、政治局势,以免不说话而尴尬。话匣子一打开就停不下来了。

巴德先生就女性善变的问题展开长篇大论的同时,熟练的手指和敏锐的双眼也不忘仔细检查客人的头发。这种发质的头发从未——也绝不可能天生就是红色的。自然生成的头发一般是黑色的,即使过早变白,也只会呈银灰色。不过,这些都不关他的事。他只是想找到自己真正需要的信息——之前用的染发剂名称,而且必须谨慎行事,因为有些染发剂不能很好地与其他染发剂混合使用。

笑谈风声之际,巴德先生在顾客的下巴涂上肥皂,刮掉了那一大把令人厌恶的大胡子,接着又上了一种泡沫丰富的洗发液,这是染发前的准备工作。他一边用轰轰作响的吹风机吹着头发，一边从温布尔顿的国际网球赛谈到丝绸税和夏季期票——突然发现无话可说了——于是话题自然而然地转移到曼彻斯特的那起凶杀案。

"警方徒劳无获，好像已经放弃追查了。"客人说。

"也许赏金会使案件热度持续得久一点。"巴德先生说，赏金还是他最心心念念的一件事。

"哦，有赏金吗？我从来没听说过。"

"就刊登在今天的晚报上，先生。您可以看一看。"

"那就麻烦你了，谢谢。"

巴德先生取晚报的片刻，吹风机依旧对着浓密的大红色短发，发丝胡乱飘起。

这位陌生人仔细地阅读报纸上的内容，而巴德先生则注视着镜子里的客人。他还在为自己的手艺感到忐忑不安之际，发现顾客突然将原来无意间搭在椅子扶手上的左手猛地收了回去，随即塞到围裙下。

但是这一切都被巴德先生尽收眼底。他本来没有注意到对方那坚硬而畸形的大拇指指甲。很多人身上都有一个难看的标记，巴德先生急忙安慰他——他有个朋友叫伯特·韦伯，曾在一次摩托车事故中被削断了拇指指尖——指甲看起来和他很像。

那个男人抬眼一瞥，审视了一眼巴德先生，那眼神似乎要看穿他一样——一动不动地注视着巴德先生的一举一动，传达出一种可怕的警告。

"尽管如此，"巴德先生说，"我估计那人现在已经安全逃离这里了。警方把事情拖延得太迟了。"

那个男人听罢哈哈大笑。

"我也觉得太迟了。"他说道。巴德先生疑惑不解，是不是所有左手大拇指受损的人，左上颚犬齿处都是一颗金牙呢？或许这个国家有成百上千号这样的人呢！相同的银灰色头发（也可能是染成了同一种颜色），年龄四十三岁左右。肯定是这样的！

巴德先生折叠好吹风机，随后关掉煤气开关。他机械地拿起一把梳子，开始梳理那一头绝不可能、也永远不会是天生的大红色头发。

他突然回想起曼彻斯特那位受害者——一位上了岁数的肥胖老太太——惨遭杀害的场景，甚至连伤口的数目和程度都仿佛历历在目，这令他毛骨悚然。巴德先生向门外张望着，此时马路对面的对手已经关门了，街上是来来往往的人流。这本来是件很简单的事。

"尽可能快一点，行吗？"客人催促道，语气流露出一些不耐烦，但还是很礼貌地说，"天色不早了，我担心这样下去你得加班。"

"别客气，先生。"巴德先生说，"没关系，真的没事。"

不——如果他匆匆忙忙地从门口逃跑，这位可怕的顾客肯定会向他扑来，把他拖回去，死死掐住他的脖子，然后狠狠地给他一拳，就像他曾经残暴地打破自己姨母的脑袋那样——

然而，可以肯定的是，巴德先生还是处于优势地位的。既然决定了就这么做吧！他要趁这位顾客从椅子上站起来之前，赶紧脱身跑到街上去。巴德先生于是开始缓缓地向门边挪动。

"怎么了？"顾客开口问。

"只是想出去看看时间，先生。"巴德先生老老实实地止住了脚步（虽然他可以继续往外走，但太冲动只会露出马脚）。

"现在是八点二十五分，"那个男人说，"刚才晚间新闻播报的。我会付你加班费的。"

"千万别！"巴德先生急忙推辞。事已至此，一切都太迟了，他也无能为力。他似乎能想象自己绊倒在门槛上——摔倒在地——而那只可怕的拳头重重落下来把他打成肉酱。也许，在他熟悉的白色围裙下，那只畸形的手正握着一把手枪。

巴德先生退到了小店的后面，收拾起他的工具。要是他的反应更灵敏点——像书中描写的侦探那样——也许他早就发现了那个拇指指甲，邴颗金牙，并根据事实进行推断，然后趁那家伙的胡子湿漉漉且涂着肥皂，脸还埋在毛巾里时赶紧跑到外面去报警。或者他还能神不知鬼不觉地将肥皂泡沫弄到他的眼睛里——没有一个人能在眼睛里满是泡沫之时还能杀人,甚至跑到街道上去。

即使现在——巴德先生取下来一只瓶子,摇了摇头,又放回架子上——即便现在,真的太迟了吗?为什么他之前不去参加胆识培训课呢?他只要打开剃须刀,悄悄地走到那个尚未起疑心的男人身后,用坚定、响亮且有说服力的语气说:"威廉·斯特里克兰,举起手来,你的小命就掌握在我手中。先把枪交出来,再站起来。现在,一直往前走,走到最近的那个警察局。"当然,以他目前的处境,只有夏洛克·福尔摩斯才会这么做。

但是,当巴德先生端着一整盘染发材料过来时,他突然产生了一个念头:他虽然不是那些训练有素、专门追捕犯人的警察,也不能眼睁睁地看着那个家伙企图逃跑。可是如果他把剃须刀架在那个男人的咽喉上说:"举起手来!"那家伙很可能只需动动手腕就能钳制住他,并以迅雷不及掩耳的速度夺走那把剃须刀。而且,巴德先生担心这位顾客本来没带武器,而剃须刀一旦到了他手里,只会刺激他的疯狂举动。

也可能出现的情况是,假如他说:"举起手来!"而那家伙却傲慢地说:"不!"那么,他接下来该怎么办呢?直接割断他的喉咙,那就成了谋杀,虽然巴德先生也不可能令自己陷入这样的境地。他们也不可能一直待在这里,直到明天早晨那个打扫卫生的男孩子过来。

或许警察会注意到这里亮着灯,门也没关,于是就进来了呢?那时他将会说:"祝贺你,巴德先生,您抓住了一名非常危险的罪犯。"可是如果警察没有碰巧注意到这些——巴德先生只能一直坚持下去,之后他会疲惫不堪,注意力随之松懈,然后——

毕竟,报纸也没有要求巴德先生要亲手逮捕这个家伙。"提供情报者"——晚报是这么写的。他可以想办法告诉警方,那名通缉犯来过这里,现在的头发已经染成深棕色,嘴唇上还留着一撮胡子,下巴的络腮胡都已经刮掉了。他甚至可以在他离开的时候跟踪他……他还可以……

突然,巴德先生灵光一现,脑海中闪过一个妙计。

当他根据印象从一个玻璃盖箱子里取出瓶子时,竟然出乎意料地发现一把母亲曾用过的老式木制裁纸刀。刀柄上两枝手绘的蓝色勿忘我之间刻着一行文字:"知识就是力量"。

顿时,一种奇妙的解脱和自信涌上了巴德先生的心头。他的头脑变得警觉起来;轻松自然地放下了手中的剃刀,一边熟练地涂上深棕色染发剂,一边假装若无其事地与客人聊天。

顾客离开时,街上的人群已经不那么拥挤了。他目送那个高大的身影穿过格罗斯维纳广场,然后坐上了一辆24路公共汽车。

"这只是他掩人耳目的方式,"巴德先生戴上帽子,穿起外套,小心翼翼地熄灭了店里所有的灯,喃喃自语道,"他可能会在维多利亚车站换乘另一辆汽车，十之八九会这样，然后从查林十字街或滑铁卢匆匆逃走。"

他关掉店门，然后像往常那样推了推门，确定已经上好了门锁。现在该轮到他出发了，他也搭乘了一辆24路公交车直奔终点站白宫。

一开始，巴德先生表明自己发现"一个人非常可疑"，门口的警察还有点爱搭不理的，可是当他发现这位小个子理发师一本正经地坚持自己握有曼彻斯特命案杀人凶手的情报，而且时间紧迫，他终于同意放行。

最初接见巴德先生的是一位督察员，身着制服，看上去职位不低。他认认真真地倾听巴德先生的诉说，还恭敬有礼地请巴德先生仔细重述关于嫌犯的一切，包括金牙、大拇指指甲以及那一头从最初的黑色到红色再到深棕色的头发。

督察员听完后便按响了铃声，说道："帕金斯，我想安德鲁先生应该有兴趣马上见一见这位先生。"于是巴德先生被带到了另外一个房间，那里已经坐着一位身着便衣、看上去精明又不失和蔼的先生。这位先生更加全神贯注地倾听巴德先生的讲述，还叫来另一名督察员一起听，并准确地记录下巴德先生所描述的一切——对，当然是威廉·斯特里克兰现在的模样。

"但是还有一件事情，"巴德先生连忙补充道，"我对天发誓，希望就是这个人,因为如果不是他的话,那将毁了我——"

他的身体微微向桌子倾斜时,焦躁不安地将自己软软的帽子揉成了一团,开始气喘吁吁地讲述起自己伟大的职业遭到背叛的经历。

"吱吱——吱吱——吱吱——"

"呜呜——呜呜——呜呜——"

"吱吱——"

在开往奥斯坦德(比利时城市)的"米兰达"号班轮上,无线电操作员的手指飞快地在键盘上跳动着,快速记下这暗中传播的消息。

其中的一条信息让他感到非常可笑。

"我想,这件事最好还是上报总指挥。"他说。

总指挥边读信息边挠着头,看完后拉响铃声唤来服务员。服务员立刻跑到那间狭小的圆形办公室去叫轮船事务长。此刻,事务长正在清点现金,进行上锁前最后的检查。收到总指挥的信息,他迅速将现金放进保险箱,抓起旅客名单就朝船尾走去。

经过简短的协商,铃声又一次响起来——这一次是呼叫服务员领班。

"吱吱——吱吱——吱——吱——吱吱。"

消息不胫而走,沿着英吉利海峡,飞过北海,传到默西河码头,最后传入大西洋。无线电操作员将接收到的消息一艘船接着一艘船地传给船长，船长传给事务长，事务长又传给服务员领班，服务员领班则把自己所有的职员召集到一起，并将消息传播下去。无论是巨型班轮、小型邮轮，还是驱逐舰、豪华私人游艇——一切安装有无线电设备而又漂浮在水面上的运输工具——英国、法国、荷兰、德国、丹麦、挪威等国家所有的港口，所有破译信息的警务人员听闻巴德先生的故事，都哈哈大笑又激动不已。克罗伊登（伦敦自治区）两名童子军用国产电子管组辅助摩尔斯密码，几经周折将消息破译成一本练习教科书。

"天哪！"吉姆对乔治说道，"开什么玩笑？你认为他们能逮住那个家伙吗？"

清晨七点，"米兰达号"在奥斯坦德靠岸。无线操作员刚取下电讯耳机，一名男子突然急匆匆地闯进船舱。

"嘿！"他大声叫起来，"等下！出了一些事，总指挥有重要信息要发往警察局。领事马上就会上船。"

无线操作员抱怨了一声，便接通了真空管。

"吱吱——吱——吱吱——"消息很快发送到英国警方。

"船上有人与警方描述的通缉犯非常吻合。订票者叫沃森，这个人现在把自己锁在船舱里，拒不出门。他坚持说要找一位理发师过来。目前已与奥斯坦德警方取得联络。等候指示。"

头等舱 36 号门前，总指挥疾言厉色，不容置疑地在聚集的围观人群中拨开一条道路。几名旅客也捕捉到一些风声,听说"出现了异常情况"。总指挥将他们连人带行李一并赶到了过道里。他还严肃地命令所有服务员以及那些手里端着早餐正目瞪口呆的侍从,不要靠近门口,甚至呵斥他们管住自己的嘴巴。四五个警惕的水手围站在总指挥的身侧。当一切恢复平静后,大家都能清楚地听到36号客舱里,那位旅客正在狭小的客舱里焦急地来回踱步,搬动东西,哗啦声以及打破水杯的声音。

正在这时,头顶上方传来一阵脚步声。有人来了,还带来了消息。总指挥点了点头。六双比利时警靴踮着脚尖悄悄地从甲板走下来。总指挥扫了一眼递给他的官方文件,又点了点头。

"准备好了吗?"

"是的。"

总指挥敲响了36号客舱的门。

"谁?"一个冷漠尖锐的声音大声问道。

"先生,理发师来了,就是您要求找的那位。"

"啊!!"他明显舒了一口气,"请让他单独进来。我——我出了一点事。"

"是,先生。"

听到门闩小心翼翼地放下来,总指挥急忙走上前。门只开了一条小缝,随后又猛地关上,但是总指挥已经迅速将一只靴子牢牢地顶在门框上。几名警员蜂拥而上,迅速冲了进去。只听见舱室里传来一阵尖叫声和一声枪响,子弹从头等舱的窗户里射了出来,紧接着那名旅客被带了出来。

"把头发给我染成粉红色!"那个家伙尖叫道,"如果今晚还是绿色,把我的头发染成粉红色。"

绿色!!

巴德先生研究化学染发剂之间复杂的相互反应并非毫无意义。他凭借自己的染发知识在顾客身上留下记号,即使身处数以亿计的世界人口中也独一无二。只要确认在凶手可能逃往的所有基督教国家的港口,有没有出现一个满头绿发,像鹦鹉一样的男人——绿色的胡子、绿色的眉毛,还有一头浓密的、波浪般的头发,呈现出仲夏的绿色,活泼鲜艳,引人注目?

巴德先生得到了五百英镑的赏金。《晚间信使报》详细地报道了巴德先生职业背叛的壮举。他打了个冷颤,担心因此而招致恶名。这样一来,以后肯定不会有人再到他的店里来了。

第二天早晨,一辆大型蓝色豪华轿车停在巴德先生的店铺门口,来到了这个威尔顿大街人人仰慕的地方。一位身披麝鼠皮大衣、珠光宝气的女士踏入店铺。

"您是巴德先生，对吗？"她大声说，"是伟大的巴德先生吗？真是太神奇了！尊敬的巴德先生，您必须帮我个忙。现在，立刻把我的头发染成绿色，我想成为您第一个绿色头发的顾客。我是温彻斯特公爵夫人，那个叫梅尔卡斯特的可怕女人很快就会尾随我来到这里——那个恶妇！"

如果您也想把头发染成绿色，我可以告诉您巴德先生店铺的门牌号。但据我了解，那里做头发贵得要命哦！

无心之矢

"罗宾斯小姐，事实是，"汉弗莱·波德先生说，"在这件事上，我们采取的方法不对。我们太畏首畏尾，墨守成规。我们要写出——更确切地说，是我要写出一个令读者感到毛骨悚然的惊险恐怖故事，塑造一些冷血无情的女人被噩梦缠身，鬼哭狼嚎。接下来我们该怎么办呢？"

此时，罗宾斯小姐正好打完汉弗莱·波德先生写的《那个时刻就要来临》最后一页。她停下手中的打字机，用纸夹将那一页稿纸和那个章节的其他部分夹在一起，之后，便怯生生地注视着她的老板。

"我们把书稿交给出版商吧。"她壮着胆子说。

"是啊，"波德先生重复道，语气中透露着一丝苦涩，"我们得把它交给出版商。可是怎么做呢？用牛皮纸将稿件包起来，附上一张阿谀奉承的字条，恭恭敬敬地递给他，乞求对方的垂青。他会考虑出版这个故事吗？他会不会看这个故事？不！他只会不屑一顾地把它扔进积满灰尘的篮子里，半年后再用虚伪的感激和恭维之辞将故事退回来。"

罗宾斯小姐的眼光情不自禁地向一只抽屉的方向扫去。她再清楚不过，那里面埋葬着一些流产的尸体，比如《婚礼谋杀》《致命的大象》《复仇女神之针》等都因无人赏识而惨遭退稿。泪水涌上眼眶，虽然上帝没有赋予她智慧，但是她像所有的打字员一样兢兢业业，十分珍惜自己的工作，而且，她隐藏着一份对波德先生深深的爱慕之情。

"您看，要不亲自登门拜访——？"她开口问。

"没有用的，"波德先生叹气道，"那些俗人永远都不在；就算在，也总是和某位重要人物在开会。呵呵！还是不要登门拜访了。我们需要做的是在广告商的名录中占有一席之地——制造出一种需求——以引起人们的关注和期盼，比如像'拭目以待'之类的噱头。我们必须好好策划一下。"

"哦，好的，波德先生。"

"我们必须跟上时代，有创新性，震撼灵魂。"巴德先生一激动，额头上的一绺头发就会垂到眼睛里。他顺势将金色的发绺撩到后面，俨然是一副拿破仑不可一世的架势,继续说道,"我们要选谁作为目标呢?不能选斯卢普——他现在胃口很大,没有什么事情能使这个脑满肠肥的家伙害怕。格里布尔和泰普也不行,因为他们俩既呆板也不主动,你根本不能指望他们去撼动一个愚蠢的董事会。贺拉斯·平科柯太容易受到诱惑,我情愿饿死在阁楼上也不愿成为他手下的作者。并不是说波德先生有可能饿死,因为他已经从寡居的母亲那里获得了一笔数量不菲的生活费,只不过他所说的很动听而已。穆特斯和斯托克也不行——我曾经见过阿尔杰农·穆特斯,他那低声下气的样子让我想起牵拉着长耳朵的兔子。约翰·帕拉贡也不需要考虑——他自己的广告都少得可怜,而且他也欣赏不了我们的故事。我觉得我们可以把目标锁定在米尔顿·兰普身上。作为一名出版商,他能慧眼识人,高瞻远瞩,不过很多朋友跟我说,他是一个神经过敏、容易激动的人。你去那家'六便士商店'帮我买支笔尖较粗的钢笔、一瓶红墨水、几张令人反感的亮绿色纸张来。"

"哦,好的,波德先生。"罗宾斯小姐长舒一口气。

这场针对米尔顿·兰普先生的战役以一张标注着"绝密"两个字的亮绿色信函拉开了序幕。这封信函里只写了几个字:"那个时刻即将到来!"所有的字全都呈猩红色,每个字大约有一英寸大。罗宾斯小姐将这封信函从西中央区邮局寄出去。

"这些信函必须从不同的地方寄出去。"波德先生说,"以防被人发现。"

第二封信(从沙夫茨伯里大道寄出去)里面没有任何文字,只画了一支巨大的猩红色箭,箭头似乎还沾着毒液。

第三封信(从弗里特大道寄出)再一次出现了那支箭,还加上了一个神秘的标题:"时光如梭——看一看埃丁顿吧——其特征就是毁灭与凄凉。"第四封信则引用了波德先生新作中的一句话又回到了那个模棱两可的话题:"毁灭可能看上去遥不可及,但是——那个时刻即将到来!"正值周末,波德先生这位游戏的掌舵者决定暂时搁桨休息。

星期日,波德先生一整个早上都在自己的小说里挑选精彩字句。故事的发展主要与一名愤愤不平的男子密切相关。这名男子受到某公司创办人的阴谋陷害,被处以劳役刑罚,于是他将余生的精力都投入到一系列漫长持久的威胁和复仇行动中。晚上,波德先生亲手寄出了下一封信。这封信节选了故事中第四章的内容,主人公在一个极其重要的场合,公然反抗他的压迫者。主人公的原话是:

"罪恶如你,将永远无法逃脱。真理必胜!那个时刻即将到来!"

星期一的时候,他突然萌生了一个念头,兰普先生会不会只是把整件事情当做一个玩笑?这个念头让他感到烦躁不安。于是他反复研究了一位名家的传记,又继续写道:

"现在，你尽情欢笑吧——但一切终将如我所言，那个时刻即将到来！——看看迪斯雷利（英国著名政治家，小说家）吧！"

做完这一切，他感到浑身轻松愉快，可当他发现罗宾斯小姐随手将一封信扔进废纸篓时，这种愉悦的感觉又瞬间消失。

"那只是一则广告函，波德先生。"罗宾斯小姐解释道。

"女人！"波德先生大叫起来，"你倒是提醒了我！如果那个长着河马般皮肤的兰普身边围绕着一群女人，那会出现怎样的情况呢？或许他根本就不会看见我们精心策划的那些神经炸弹！该死！等等！难道那位受伤的鲁帕特·彭特克斯特也是这么想的吗？"

"哦，是的，波德先生。在第五章中，我帮您查阅一下。"

"应该想一句任何场合都可以用的话。"波德先生说，"啊，谢谢你，罗宾斯小姐。对了！'记住那个被你毁掉一生的女人！如果你依然冷血无情，报应迟早会上门。'这样更能引人注意！把那瓶红墨水递给我。你回家的路上，顺路把这封信函从汉普斯特德寄出去，找出那位莫名其妙的兰普到底躲在哪里。"

这项任务并不难，因为兰普先生的住址就登记在电话簿里。因此，下一封信便从皮卡迪利大街的一个信筒里寄到那个地址，里面写着：

"复仇女神正坐在荒废的壁炉旁。那个时刻即将到来！"

这封信还画了一个钟面作为装饰，钟面上箭形的指针正好指向十一点半。

"我们每天把时间往前调五分钟，"波德先生说，"一个星期之后，那家伙大概会吓到浑身发抖。我们要让他看一看，广告到底意味着什么。说起广告费用，我们难道不应该建议预付稿酬吗？这种优质书籍，五百英镑都不足为过，可是这些家伙都是自私自利的吝啬鬼。我们就先从250英镑开价吧。"

"可是书里并没有提到钱的事。"罗宾斯小姐说。

"对，书里没有提到，"波德先生表示赞同地说，"因为杰里米·范布勒应该是一个富有同情心的人——我不想把他塑造成一个专门敲诈勒索的家伙。如果一个人只是杀了人，公众还是有可能喜欢他，最后他从侦探手里逃脱也不会引起公愤；但是如果一个人既谋杀又勒索，一定会被处以绞刑。这是规则之一。"

"可是，"罗宾斯小姐说，"如果我们提出钱的事，兰普先生难道不会觉得我们也是敲诈勒索吗？"

"那不一样，"波德先生回答道，听上去似乎有些恼怒，"我们只是要回自己应得的报酬。他看完这本书后也会这么认为的。我们可以说'先付250英镑'——不，不行！这么说听起来像分期付款，等等，'现在——我只要250英镑——但是你会主动付我更多钱，那个时刻即将到来'——不行——'全款付清'——这样说更干脆。这一次的信函我们要送到两个地址。"

他写完信后又向罗宾斯小姐口述了新书中的一个章节。"第一本书为人所知后,这本书很快就会有人要。"他说道,"不过创作过程很耗时。毫无疑问,这将是一项非常艰巨的任务。"

"但是您有很多出色的点子,波德先生,而且我也不介意加班加点工作。"

"谢谢你,罗宾斯小姐,"波德先生语气中带着一丝优越感,说道,"你是一个好姑娘,如果没有你,我都不知道该干什么。"他刚说完又恢复不可一世的命令口气:"你带笔记本了吗?把这个记下来。《下水道里的尸体》。第一章。《洗涤池里的恶臭》。'安妮,'弗莱彻太太对厨师说,'你是不是把洗卷心菜的水倒进了洗涤池里?''没有,夫人,'那姑娘傲慢地回道,'起码我得知道发生什么事了——'我想,以家庭情景作为故事的开头应该不会错。"

"哦,好的,波德先生。"

波德先生的午饭是和一位名叫甘布勒的文学朋友一起吃的。他并不是很喜欢甘布勒,此人只要稍有成就便沾沾自喜。甘布勒一定是烧了高香,他的小说《羞耻心的浪费》才会阴差阳错地受到人们的喜爱。他经常出现在出版商们的聚会上,一次文学晚宴上,还当着皇室成员的面做了个非常滑稽的演讲。此刻,他装出一副对出版界了如指掌的样子,真是愚不可及!几乎没有人不认识甘布勒,但他的朋友都很厌烦他。汉弗莱·波德一直盼望着有一天,能轮到甘布勒有求于自己!

"看!"甘布勒说,"兰普正朝这边走来。那家伙快要崩溃了,他现在一定神经紧绷,非常焦虑不安。你看他的表情就知道。"

波德先生目不转睛地盯着那个出版商——那是一个瘦弱黝黑的男人,脸上写满了烦躁。此刻,他那双因紧张而颤抖的手正锲而不舍地夹着一块面包卷。

"为什么?"波德先生问,"他很正常,不是吗?他的书也照样卖,不是吗?"

"哦,生意是没受什么影响,"甘布勒说,"如果你只看到表面的话,确实是如此,不——有些地方还是大不相同的。我们还是不要继续这个话题了。不过,如果不久后那个地区发生什么爆炸性新闻,我一点也不会感到惊讶。"

"爆炸性新闻?"波德先生重复道。

"哦,是的——但是我什么都不能说。我只是碰巧知道了一些事,仅此而已。这些事以后大家总会听说的。"

波德先生非常恼火。他迫切地想了解更多情况,可他最后还是决定不要激甘布勒。

"好吧,"他说,"只要公司正常运作,一切都是次要的。那个家伙的私生活和我没有任何关系。"

"私生活——啊！听着，"甘布勒阴沉着脸说道，"据我了解，这事保密不了多久。如果那些信件被送上法庭——哟！"

"信件？"波德先生突然兴致盎然地问。

"该死！"甘布勒说，"我应该绝口不提此事的，这也是别人悄悄告诉我的。不要提了，好吗，老朋友？"

"哦，当然可以！"汉弗莱·波德早已怒火中烧，却还是笑着回答。他不仅恼甘布勒，也气自己。

"他已经开始坐立不安，高度重视了。"波德先生对罗宾斯小姐说道。他把和甘布勒的对话又重复了一遍。

"哦，波德先生！"罗宾斯小姐大声惊叫，她紧张得胡乱扯动着打字机的色带。"波德先生！"她不由自主地脱口而出，"您没有想到他——我的意思是说，您根本没有预料到，对吗？他可能会大发雷霆。"

"一旦他看见这本书，他就不会再计较的。"波德先生说。

"是的，不过——那只是猜测而已！我的意思是说，他或许已经开始采取行动了。也许他担惊受怕——我是说——您一定觉得我蠢透了。"

"一点也没有，罗宾斯小姐。"汉弗莱·波德说。

"好吧，我是说——假如他以前有见不得人的秘密——"

"这倒是个不错的主意，"波德先生激动地大叫，"等一等——等一等！罗宾斯小姐，你又为我的新书提供了灵感。嘿！快记下来。标题：《一次冒险的开弓》。不，该死！我突然想起来这个标题以前已经用过了。对了，就叫《无心之矢》。引用《哈姆雷特》里的一句话：'我向房屋上空射了一支箭，结果却伤及了我的兄弟。'故事由此拉开序幕。有人——就叫他琼斯吧——写恐吓信给——比如，罗宾逊！琼斯认为只是开了个玩笑，可罗宾逊却怕得要命，因为琼斯并不知道，罗宾逊曾经——这么说吧，杀害过某个人。假设是个女人——女性受害者会使故事进展得顺利点。结果罗宾逊自杀了！琼斯也因涉嫌勒索和谋杀受到指控。我不确定，吓出人命算不算谋杀，但我希望是这样的。勒索是重罪，如果犯重罪的同时又不小心杀了人，那就是谋杀，故事大概就是这样。我觉得这个想法很不错！不要写《阴沟里的死尸》——那个故事我根本没深入构思，我们还是直接写这个故事吧。琼斯以为自己没有留下任何蛛丝马迹，可是警方——不，不是警方——他们肯定被迷惑了，应该是侦探。我们来想一想，我认为这个故事最好还是以梅杰·霍克为主角，他是我构造的最出色的侦探，而且，如果读者喜欢《那个时刻即将到来》中的他，他们一定很想看续集——霍兑也会在这些信件中登场。只是有点难，因为那些信件已经从不同的地方寄出去了，但是——"

罗宾斯小姐手中的铅笔在纸上飞快地滑动，才能勉强跟上汉弗莱·波德那些杂乱无章的口述，她不禁有些气喘吁吁。

"霍克肯定会去追查那些信纸——比如说在哪里买的等等，还有墨水。哦，对了——我们可以在其中一封信上留下一个拇指指纹。不是琼斯的指纹——而是他未婚妻的，我的构思是那些信是她帮琼斯寄的。她——对，她是一个好人，但不幸的是，她受到了琼斯的影响，具体内容我们可以慢慢构思。故事的结局，她最好嫁给另一个更优秀的人，不是梅杰·霍克——而是别的人，我们要给她创作一个体面的家伙。警方在锤打叫门的时候，她正手忙脚乱地焚烧证据——这应该是非常精彩的一幕。当然，我们必须让她百密一疏，否则琼斯永远都不会暴露——别担心，我之后会把这些情节补充完整。法庭的那一幕——一定也会扣人心弦——"

"哦，波德先生！可怜的琼斯会被处以绞刑吗？我是说，他看上去似乎很倒霉，毕竟他只是想开个玩笑而已。"

"这正是讽刺之处，"波德先生冷酷地说，"但是，我明白你的意思，公众都希望他最终获救。好吧——那我们就做些改动。我们把他写成一个坏人——那种随意嘲笑、践踏女人的心灵，把快乐建立在其痛苦之上的人。他罪恶累累却逃之夭夭，然后——这正是讽刺之处——却因为一个毫无恶意的玩笑，害死了他最敬爱的人。记一下，'琼斯又一次哈哈大笑。'必须想出一个比'琼斯'更好的名字，'莱斯特'听起来不错。所有人都叫他'爱笑的莱斯特'。金黄色的卷发——这个也记下来——不过,两只眼睛间距很近。我觉得这个角色塑造得很成功。"

"给兰普先生的那封信,"《无心之矢》主要线索确定完后,罗宾斯小姐犹豫了片刻,还是小心翼翼地提出自己的想法,"或许,您希望我还没寄出去?"

"还没寄出去?"波德先生疑惑地问,"为什么,那可是件美妙的事情。'那个时刻即将到来——只是比你所想的时候要晚一点。'寄,当然要寄出去。兰普就要发怒了。"

罗宾斯小姐惟命是从,寄出了那封信——她是戴着手套寄的。

直到波德先生设计的那只钟面指针指向十一点四十五分,信函的内容变为"明天,明天,明天",他才突然想起要亲自试探一下那位受害者。这个灵感正好在十一点四十五分产生,分毫不差,当时他正站在皮卡迪利广场的中央。他忍不住发出一阵沙哑的笑声,引得路过的人都转过身来,惊讶地盯着他看。波德先生赶紧低着头跑到地铁里,然后钻进了圆形大厅的一个公用电话亭。他在那里找到了兰普先生办公室的电话号码。

电话那端传来一个女人的声音,她说兰普先生正在忙,还询问来电者的姓名。对此波德先生早有准备,回答说这件事情是绝密,非常紧急,而且除了兰普先生,他不便把名字透露给任何人。那个女人似乎并没有感到很诧异，也不像波德先生预计的那样固执。她很快便为他接通了电话。一个尖厉而焦躁的声音传来："喂？喂？喂？你是哪位？"

波德先生故意压低了原本高昂的声音，装出一副低沉沙哑、令人印象深刻的嗓音。

"那个时刻即将到来。"他说完还特地停顿了一下。

"你刚才说什么？"那个尖厉的声音大声问道，语气中分明充满了怒气。

"那个时刻即将到来。"波德先生又重复了一遍。他突然灵光一现，补充道："我们是不是应该把证据交给检察官呢？"

接下来又是一阵沉默。那个声音先打破沉寂："我不明白您在说什么。请问您是哪位？"

波德先生发出一阵邪恶的笑声，接着便挂断了电话。

"为什么不呢？"波德先生对罗宾斯小姐说，"人们总是把收集到的证据交给首相和文学评论家们，检察官的意见应该和其他人一样精彩。记下来！"

两天过去了。每天的信函里只剩下那个预示着不详的单词"明天"。波德先生滔滔不绝地口述完三章《无心之矢》，便外出与一位朋友喝茶去了，留下罗宾斯小姐一个人整理《那个时刻即将到来》的原件，逐一邮寄给米尔顿·兰普先生。

天气阴冷潮湿，雾气沉沉的。当然也非常寒冷——罗宾斯小姐把工作室里的炉火生得更加旺盛，因为她记笔记的手指已经冻得失去知觉了。她把手稿夹在胳膊下走到广场上时，不禁打了个寒颤，于是她赶紧将脖子上的皮毛围巾拢得更紧了。

广场角落里的那个报亭是通往邮局的必经之路。卖报的小贩正好拿着一块布告，那猩红的字母在黑暗中闪过一道亮光，吸引了罗宾斯小姐的注意。她瞥见那个醒目的标题："伦敦出版商饮弹身亡"，心头一阵紧缩。

胳臂里夹着的稿件倏地滑落到地上。罗宾斯小姐赶紧捡起来，胡乱地在包里找出一个便士，买了一份《晚间新闻》。她站在广场的栏杆边，迫不及待地打开报纸。一颗沾满煤灰的大水滴从头顶的树枝滴落，正好打在了她的帽子上。一开始，她把报纸翻来覆去也找不到想看的内容。最后，终于在临时加插的"最新消息栏"发现了几行模糊不清的文字：

今天中午，著名出版商米尔顿·兰普先生被其秘书发现死于办公室。死因为枪杀，身侧的地板上躺着一只用过的左轮手枪。据悉，兰普先生近期因为家庭纠纷和几封匿名信备受困扰。目前警方正在对此事展开调查。

罗宾斯小姐觉得自己胳臂下的稿件似乎越变越大。她抬起头,正好与那个报贩对视。他的眼睛里闪烁着一种极不自然的亮光,就像老鹰犀利的眼神一般。这让她想起《婚礼谋杀》中的一个章节,梅杰·霍克为了查看一栋可疑的房子而装扮成一个卖报的小贩。于是,她匆匆返回工作室。她刚迈出几步,又紧张地向后张望。透过霭霭的雾气,她依稀看见一个模糊而庞大的身影正从广场的另一侧走来。那人戴着一顶钢盔,身披一件防雨斗篷。

汉弗莱·波德的工作室在顶楼,罗宾斯小姐三步并做一步地跑上楼,冲进去躲起来,紧紧锁上大门。她站在窗帘后面偷偷往外瞄,发现那名警察正在和卖报纸的小贩交谈。

"谢天谢地!"罗宾斯小姐暗自思忖,"幸好我还没有把这份稿件寄出去。"她撕掉牛皮纸,气喘吁吁地抽出写有汉弗莱·波德姓名和地址的附信,连同手稿的封面一起扔进火炉里。做完这一切,她才坐下来,浑身颤抖。才坐不久,她想起还有用复写纸抄写的副本和她的速记笔记,而且手稿上一清二楚地写着原创作者:汉弗莱·波德。罗宾斯小姐有种强烈的预感,即将有不幸发生,她突然想起梅杰·霍克——那个卓越的侦探——不仅出现在《那个时刻即将到来》,也在《婚礼谋杀》中登场,可是他三个月前才出现在米尔顿·兰普先生的视线。波德先生说出版商从来都不读他的作品——可这又怎么解释呢?一些秘书、雇佣的读者或许会粗略地浏览一下，只要读过梅杰·霍克，都不会轻易忘记他和他的那些古怪之举。

罗宾斯小姐又一次向窗外望去。那名警察还在广场一侧迈着稳健而庄重的步子向前走着，他不时抬眼瞥一下每家每户的窗户。他正朝这栋房子走过来。他又停下了脚步。罗宾斯小姐惊恐地尖叫，赶紧奔向熊熊燃烧的炉火，手忙脚乱地将所有稿件都塞进去——原件——碳写复印件——笔记本——她忙不迭地将各个章节撕开，让火烧得更旺、更快。还有什么呢？那本情节记录本——也必须一起烧毁。她的手一边撕扯纸张，一边不停地颤抖。还有——哦，她差点忘记了最致命的证据——那些绿色的信纸。波德先生曾经说过，侦探一定会追查纸张的下落。她惊慌失措地将那些信纸投进跳跃的火焰中。为确保万无一失，紧接着，她又扔掉了钢笔和红墨水，并在炉火上堆添加了新的煤块和焦炭。

正当罗宾斯小姐浑身发热、满面通红地俯身忙碌在火炉边时，她听到楼梯上传来一阵脚步声。她急忙冲到打字机旁，强装镇定地敲起键盘。此时，一只手正拧动着门把手。

"见鬼！"门外响起汉弗莱·波德的声音。紧接着传来钥匙插入锁孔的声响。"该死的丫头——在外面还没回来。"波德先生走了进来。

"原来你在这里啊！"他惊讶地说，"那你为什么锁门？听我说，发生了一件令人讨厌的事！那头蠢驴兰普已经脑袋开花，去见上帝了。一旦他发生不测，我们先前的所有宣传就都白费了。我们将不得不从头开始。"

"哦，波德先生！"罗宾斯小姐哭了出来，"谢天谢地，您终于回来了！自从看见那位警察，我就一直担心他会抓走您，我不知道您在哪里，也无法提醒您——"

"难怪兰普看起来脸色苍白，"他毫不理会罗宾斯小姐，继续说道，"他的太太一直和某个男人调情，暗中相通。一个被辞退的仆人写了封匿名信，兰普先生从中听到一些风声。昨晚，他们夫妻俩吵得很凶，他太太与人私奔了。现在，那个蠢货也死了，开枪打死了自己。我拉住那个讨厌的家伙甘布勒，从他那里套出了整件事的来龙去脉。他应该早点告诉我，这个该死的家伙！现在寄东西到那个地址已经毫无意义了。但愿那个手稿你还没有寄出去。如果已经寄出去了，我们必须把它追回来，然后在斯卢普身上试一试——你到底是怎么了，罗宾斯小姐？"

"哦，波德先生！"罗宾斯小姐放声大哭，"我们不能——我们——我原本以为——哦，波德先生，我已经把那个手稿烧掉了！"

那名代号为 E999 的警察将他那若有所思的眼神从灯火通明处收了回来。地下室有人正在炖牛肚，飘出一阵令人垂涎三尺的香味。他真希望自己到家时也有这么美味的东西等着他。正当他漫步到人行道时,他听到了玻璃的摔碎声和叮当声,紧接着,一台打字机猛地从楼上的一个窗户砸下来,刚好挨着他的钢盔擦身而过。

"喂!"代号E999的警察大声叫道。

一阵尖叫声紧随而来,接着传出一个女人凄惨的哭喊声:"救命!救命!杀人了!"

"真倒霉!"警察叹息道,"我刚要回去吃晚饭,他们就开始闹事。"

他登上台阶,"砰砰砰"地敲起门来。

座钟的秘密
蒙塔古·埃格的故事

"喂!"蒙塔古·埃格先生说道。

他知道"皇家橡树",位于庞德林帕尔瓦。一般情况下,他不会选择这里作为销售点,不仅生意不佳,食物糟糕,老板脾气还很暴躁。一个带着高级葡萄酒和烈酒、有事业心的旅行推销员在这里毫无机遇可言。但现在,早晨八点半,一群兴致勃勃的观众正围绕着一辆警车和一辆救护车,这对任何人的好奇心来说都是一个挑战。埃格先生不由地把脚从油门踏板上移开,车子停了下来。

"发生了什么?"他探出头问一个旁观者。

"有人被杀害了……老拉德割断了他妻子的喉咙……不,不是他……乔治才是凶手……都不对，应该是小偷，他们已经偷盗备用现金逃跑了……乔治下来，发现血流满地……听说了吗？那是莉兹·拉德，一个爱发牢骚的女人……她癔病发作……你可能会觉得她是刎颈自杀……不，我没有，吉姆说，他什么都不知道。我告诉你，是乔治……啊！督察员来了，我们听听他怎么说……"

埃格先生已经下车，朝着酒吧门口走去。一个穿着制服的警察在门阶上拦住了他。

"你现在不能进来。你是谁，想干什么？"

"我叫蒙塔古·埃格——普卢梅特和罗斯公司的旅行推销员，主要负责在皮卡迪利街销售葡萄酒和烈酒。我来拜访拉德先生。"

"好吧，你现在不能见他，最好赶紧离开。等一下，你说你是旅行推销员，这片区域你经常来吗？"

埃格先生的答案是肯定的。

"那你应该能给我们提供一些信息。进来吧，可以吗？"

"等一下，我取下我的包。"蒙蒂说。他虽然感兴趣，但还没到忘记推销员的首要职责是样品和证书的地步。他从车里拿出沉重的箱子，提着它走进酒馆，人群又是一阵议论纷纷："那是摄影师，看到他的相机了吗？"蒙蒂把箱子放在门里面，环顾了一下"皇家橡树"酒吧。一个警察坐在靠窗的桌子旁，正在笔记本上不停地记录。

一个高大、面孔突出的男人，蒙蒂认出他是老板拉德先生，正向后倚靠在吧台上。他胡子拉碴，看上去好像衣服也是匆匆忙忙披上的。一个肌肉发达、额头很窄的年轻小伙子站在他身旁，头发蓬乱，愁眉不展。后面的某个房间传来阵阵女性的尖叫声和啜泣声。整个酒吧一览无遗，除了右边一扇标有"酒吧客厅"的门，透过敞开的大门，可以看见一个穿着大衣的男人正俯身在地上仔细查看着什么。

督察员接过埃格先生的证件，浏览完后还给他。

"你很早就到各地巡回推销商品了。"他问。

"是的，"蒙蒂回答，"我本来计划昨晚到佩蒂福德，但被大雾天困在马格德堡，我正在赶路，弥补浪费的时间。我住在'老钟酒店'，您可以向他们求证。"

"啊！"督察员瞥了警察一眼，说道，"好吧，埃格先生。我想，通常情况下，商人彼此之间都很熟悉。我们想看看您认不认识这个人。"

"我试试看，"蒙蒂说，"当然，我不可能认出旅途中的每个人，但是他的证件上肯定有名字。"

"的确如此，"督察员回答，"他的证件一定在样品箱里，但现在样品箱消失了。他身上有几封信，但里面没有——好吧，我们稍后再谈，请这边走。"

他长驱直入走进右边的房间，蒙蒂紧随其后。那个俯身在地的男人站了起来。

"伯奇，可以肯定的是，"他一边观察一边说，"死者头部受到连续猛击，死亡时间长达八到十小时。这不可能是自残，也绝不是偶然。武器很可能就是那边的那个瓶子，最好检测下指纹。你还想知道什么？没有的话，我就回去吃早饭了。如果你愿意，我可以给验尸官留言。"

"谢谢你，医生。死亡时间八到十小时，是吗？这和拉德的证词吻合。现在，埃格先生，你可以过来看看吗？"

医生让开后，蒙蒂看到一具男尸。死者身材矮小，穿着整洁的蓝色哔叽西装。他的头发梳得很整齐，乌黑发亮，嘴唇上还留着一戳小胡子。血液从太阳穴上的伤口流下来，粘在他光滑的面颊。死者看上去大概三十五到四十岁左右。

"哦，是的，我认识他，"蒙蒂说，"其实，我很了解他。他叫威格斯塔夫，他旅行……旅行销售艾泼巴姆和莫斯（珠宝品牌），是个一毛不拔的珠宝商。"

"哦，是吗？"伯奇督查加重语气说道，"那么我想，他的那个箱子里装的应该也是珠宝。"

"是的，还有手表等诸如此类的东西。"

"是吗？"督察员满脸疑惑，问道，"那你能告诉我，他为什么随身携带信件寄给他人？这封是寄给约瑟·斯密先生，另一封是威廉·布朗先生。这儿有封信很感人——寄给哈里·托姆先生,写得很了不起!"

"您到底想问什么,督察?"埃格先生轻声问道。

"您这么说,我倒有点不知所措。啊!你们这些商人是不是都很像?每个落脚点都有一个妻子,是这样吗?"

"督察,我没有,我还没结婚呢!我担心,可怜的威格斯塔夫确实是这样的。好吧,他似乎是得到了报应,是吗?"

"没错!不过,看样子他挣扎过。"伯奇督察环视了一下酒吧小客厅。房间很小,每一件家具似乎都遭受了暴力的摧残。壁炉前的一个小圆桌被打翻了;地板上横躺着一个打破的威士忌酒瓶,酒淌出来,溢到亚麻油地毡上,散发出阵阵难闻的气味;椅子向后推开,翻倒在地;一块玻璃挡板已经四分五裂,像是被脱粒机碾碎了一般;壁炉旁的落地式大摆钟向一侧倾斜,倚靠在壁炉架的边缘才勉强不倒。埃格先生的目光停留在钟面上,督察员也随之看过去。指针正好指向十一点十分。

"好了,"伯奇督察说道,"这一切是谁做的,什么时候发生,我们都有所了解了,除非他在说谎。有一个商人叫斯莱特,你对他有所了解吗?"

"我听说过一个叫阿奇博尔德·斯莱特的,"蒙蒂说,"他旅行销售内衣。"

"就是那个男人。他做生意很有一套吗?我的意思是,收入很高吗?

他很富有,是吗?"

"我觉得应该是。他在一家很出名的公司工作,"蒙蒂回答,"但我不认识他。他曾经在约克郡和兰开夏郡工作过。他接管了老克里普斯负责的区域。"

"你不确定他是否会谋杀他人并偷取样品?"

蒙蒂否认。这是商人最不可能做的事,也是大家的默契。

"嗯!"督察员低吟了一声,说道,"现在,听我说,我们让拉德再陈述一遍事情的经过,并记录下来。"

店主的陈述清晰明了。第一位旅客——现在可以确定就是威格斯塔夫——七点半到达。他说本来打算赶路到佩蒂福德,但是雾太浓了。他点了晚餐,然后走进空荡荡的酒吧间坐下。"皇家橡树"极少会有成功的商人,那天晚上酒吧里也只有一些工人。九点半的时候斯莱特出现了,他也说是大雾耽误了行程。他已经用过晚餐,很快便进入酒吧间和威格斯塔夫作伴。一进门,店主就听到他用"有点恶劣的语气"跟威格斯塔夫打招呼:"哦,原来是你啊!"之后门就被关上了,但不久威格斯塔夫就敲响客厅和酒吧间的活板门,要了一瓶苏格兰威士忌。十点半,他们洗好玻璃杯准备打烊时,拉德走进酒吧间,发现两个人在炉火旁谈话。他们俩面红耳赤,似乎都怒气冲冲的。拉德说他和妻子还有酒保都要去睡了,明天还得早起。可不可以请客人上楼时把灯关一下?

讲到这里,房东突然停止陈述,解释说酒吧间没有卧室,只有房屋前一间大的空房间,用于举办教区协会的会议等等。住宿的地方都在后面,在卧室里根本听不到一楼的任何动静。然后他继续说:

"大约十一点二十分时,我听到有人敲卧室的门。我下床打开房门一看,原来是斯莱特。他看上去很奇怪,烦躁不安。他说,天气放晴了,他决定继续赶路去佩蒂福德。我觉得很可笑,但我向窗外望去,发现浓雾确实已经消散了,只剩下刺骨的寒冷和清冷的月光。我告诉他房费还得照付,他对此毫不在乎。我穿上睡衣,跟他一起从后面的楼梯走进办公室,办公室在酒吧后面。我结账后他付了钱,然后我让他从后门进入车库。他提上他的包——"

"有几个包?"

"两个。"

"他来的时候也带着两个包吗?"

"我不确定,也没有注意过。他来的时候将行李都放在酒吧间,而当我拿着零钱走出办公室时,他已经穿戴整齐,收拾妥当,在走廊等我了。我没有和他一起去院子里,因为天气很冷,我一点也不想从床上爬起来;但几分钟后我就听到汽车开走了。于是我又回到床上,透过办公室的窗户,我注意到酒吧间的灯还亮着,所以门一定是开着的。

你明白我的意思吗？酒吧间有一个后门通向办公室，只要后门开着，你就可以从院子里通过办公室的窗户看到灯光。所以我想，那个家伙还在熬夜——我要额外收取电费。然后我就上床睡觉了。"

"你没有进去看看他还在吗？"

"没有，"拉德先生说，"实在太冻了，根本不想出门逛，我就继续上床睡觉了。"

"真遗憾！那你立刻睡着了吗？"

"是啊，我沾枕即睡。"

"完全没听见威格斯塔夫上楼吗？"

"我什么都没听见，但是拉德太太一直到半夜都没睡着，那时他还没出现。这也说明他从来没有出现过，不是吗？"

"看起来是这样，"督察员语气中不乏谨慎，"乔治呢？"

酒保证实了拉德的证词，而且补充了一点。他说他在九点半到十点之间走进酒吧间，打断了这两个人的对话，他们似乎正在激烈地争吵。斯莱特说："你这个卑鄙小人——我真想打断你的每一根骨头。"酒保以为他们俩都喝醉了。他没对他们说什么，只是添了火便离开了，之后也没有再听到争吵声。拉德十点半上楼，他朝里望了望，那两人正在低语着要添把火，似乎在读几封信。于是他就上床睡觉，后来又被脚步声和汽车离开的声音吵醒了。

"然后呢?"伯奇督察员询问道。

乔治沮丧地垂下双眼。

"拉德先生又上楼了。"

"是吗?"

"好了,就是这些,然后我就去睡觉了。"

"你没听见其他人走动吗?"

"没有,我说过我去睡觉了。"

"拉德先生什么时候出现?"

"不知道,我没有留意。"

"你听到钟声敲响了十二下吗?"

"我什么也没听见,我睡着了。"

"斯莱特带了几个包来?"

"只有一个。"

"你确定吗?"

"嗯,我想是的。"

"那另一个人——威格斯塔夫——他带包了吗?"

"有,他随身带着包进客厅的。"

"这些人有在登记簿上签名吗?"

"斯莱特来的时候签名了,"店主说,"威格斯塔夫没有。我本来想第二天早上提醒他的。"

"这样看来,斯莱特并不是有预谋而来,"伯奇督察分析道,"像是一次偶然的相遇。好了,拉德,我稍后会见下你的妻子,现在你可以先离开了。我们已经拿到了斯莱特的车牌号,"他对着大家补充道,"如果他真的去了佩蒂福德,警察会拘留审问的。"

"如果是这样,"蒙蒂突然开口,试探性地问道,"那个座钟准确吗?"

"你觉得有人调整了,对吗?"督察员说,"就像伦敦上演的那部戏?"

"好吧,"蒙蒂承认,"有点匪夷所思,罪犯推翻老爷钟,好像故意提供不利于自己的证据一样,这似乎不合乎情理。赞美需谨慎;正如'售货员手册'所述,购买者很快就会不信任那些将产品夸得天花乱坠的销售员。"

"我们很快就会知道,"督察员走近落地钟,说道,"不过还要等一下,我们最好先验下指纹。"

在钟表和瓶子上,摄影师用一个制作和记录指纹的设备发现了许多处理的迹象,也证明了"皇家橡树"一定很长时间没有进行除尘和家居抛光了。照片拍完后,督察员和一个警察把落地钟移回原位。它似乎并没受损,只是摆锤压到箱子的一侧时才停止走动,放回原位后又开始欢乐地滴答作响。伯奇督察伸出粗食指,亲自检查指针。

"不行,"他好像突然反应过来,说道,"我们最好不要碰这个钟。如果有任何猫腻,可能会在指针上有所发现。虽然指针很细,不好做标记,但世事难料。我想它还会正常行走一至两小时。"

"哦,是的,"埃格先生打开落地钟往里瞧,说道,"重力锤快要靠近底部了,尤其是其中一个,但我想它至少还可以行走十二小时左右。今天星期几?星期六?他们可能是星期天早上上的发条。"

"也许吧,"督察表示赞同,"好吧,谢谢你,埃格先生。我想我们就不再耽误您的时间了。"

"不介意我在酒吧喝点麦芽酒吧,我想,"蒙蒂暗示,"大概半小时后就要开门了,而且我早饭也没怎么吃。"

"我根本就没吃!"伯奇督察不满地说。

督察刚吃完一大堆熏肉和鸡蛋,门口便发出一阵骚动,说明中士和潜逃的斯莱特已经来了。后者身材魁梧,怒气冲冲,一进房间就开始强烈抗议。

"别这样,我的朋友,"伯奇先生说,"中士,你找到他时,他带着几个包?"

"警官,只有一个——是他自己的。"

"我告诉过你,"斯莱特说,"这一切我一无所知。十一点二十分左右,就在这间酒吧间,我和威格斯塔夫告别,那时他人还好好的,只是喝醉了。半小时后我开车离开，也可能是十一点四十五分。我拿来一个包，也只带走一个包，就是这个，和我说法不一致的人都是在撒谎。如果我是凶手，你认为我还会去佩蒂福德，悠闲地坐在'Four Bells'（饭店名称）吃早饭，等着你们来抓我？"

"你可能会，也可能不会，"伯奇先生说，"你知道威格斯塔夫这个人吗？"

那双愤怒的眼睛不安地转动。

"我见过他。"斯莱特回答。

"他们说你和他在吵架。"

"对，他喝醉了发酒疯，所以我才离开。"

"我知道了。"督察员扫视了一下从死者口袋里掏出的信件。

"你叫阿奇博尔德，是吗？你有没有一个叫伊迪丝的姐姐？……不，你不可以这样！"

斯莱特一把抢过伯奇手里的信件。

"好吧，"他快快地承认，"我不介意告诉你，那个卑鄙的威格斯塔夫是个十足的混蛋。我们只知道他叫托姆，我姐姐是他的妻子——或者说是我们以为的妻子，直到他以另一个名字娶了别人，真是人渣！他们在我北上的时候结婚了，而我一无所知，直到我来到这个地区才知道，他一直处心积虑地躲着我——直到昨晚。并不是说我要对他做什么,我只是为孩子争取抚养费而已,最后他说他会给的。听我说,督察,我也意识到这样很不好,但是——"

"嗨!"蒙蒂提醒道,"别忘了还有落地钟,它就快罢工了。"

"对,"督察员说,"刚才指针停留在十一点十分,而你是十一点二十分离开这里,说明座钟是在搏斗中打翻的。如果它现在只敲一次,那就是有人把指针往后拨了,如果敲十二次,说明时间是准确的,你在撒谎。"

摆锤敲响第一声后从最高点缓缓下移,距离另一侧还有三到四英寸时,大家都目不转睛地盯着。

钟声敲响了十二次。

"不管怎样,也算有点进展。"伯奇督察遗憾地说。

"这不是真的!"斯莱特失控地大叫。他冷静后又补充道:"那个家伙可能在我离开后被杀害,也是午夜十二点之前,落地钟指针可能被往前拨了三刻钟。"

正当督察员犹豫不决之际,"等会儿,"蒙蒂说,"督察,打扰一下,我刚刚想起点事儿。十二点钟时敲钟锤要经过的距离最远,它一般不到半英寸就开始下移。现在,它为何悬挂在驱动锤下那么远?你明白我的意思吗?长时刻,也就是六点钟到十二点钟,敲钟锤在驱动锤前面,悬挂在其下面,但是短时刻,位置则相反,所以——无论如何,以我的经验来看——'八天钟'驱动锤和敲钟锤之间的距离从来没超过半英寸。现在,问题在于这家伙哪来这么多时间作案?"

"也许是上发条的人太粗心了。"督察员建议道。

"不无可能,"蒙蒂说,"否则得将指针拨快十一小时。这是调慢自鸣钟的唯一方法,不然就得把敲钟锤完全卸掉,大多数人不会想到这个。"

"哦!"伯奇先生恍然大悟,"我想,这应该没人知道吧!谁给这个落地钟上发条的?我们最好问问拉德。"

"如果您能允许我按照自己的方式来,我不想问拉德。"埃格先生深思熟虑后提出。

"哦!我明白了,"伯奇督察扯了扯胡子,说道,"等一下,我明白了。"

他突然走出去,没多久带着一个十四岁左右的男孩回来了。

"索尼,"蒙蒂问,"谁给落地钟上发条?"

"爸爸,每周星期日早上。"

"上周日你看见他上发条了?"

"哦,是的。"

"那你记得他上发条时是把两个摆锤举到同一高度,还是像这样分开?"

"他总是把发条上得很紧——转十四圈,也就是每天两圈——上足发条，摆锤就会发出碰撞声。"

督察员点了点头。

"可以了——你可以离开了。埃格先生，看起来你好像已经胸有成竹了。嘿，中士！"

中士会意地眨了眨眼便出去了。半小时过去了，房间里只有微不可闻的驱动锤下移的声音和钟表庄严的滴答声。然后中士又进来了，手里拿着一个包。

"料事如神，警官——就藏在鸡舍的一大堆麻袋里。凶手不是拉德就是酒保乔治。"

"一定是他们两人合谋，"督察员分析道，"不过，落地钟到底是谁调的，该死！我们得等指纹验证了。"

"为什么不向他们拿落地钟的钥匙呢？"埃格先生插话。

"拿来干什么？"

"只是我的一个想法。"

"好吧！叫拉德进来。拉德，我们需要落地钟的钥匙。"

"哦，是吗？"店主说，"好吧，但我没有，你看！我不知道它去哪儿了，钥匙那么小，就算放进烟斗里也不影响抽烟。屋子这么大，要找到也得费好大一番功夫。"

"好吧，"督察说，"我们问问乔治。乔治，这座钟的钥匙在哪儿？"

"在壁炉架上的罐子里。"酒保一手指向那里回答。

"不在那儿。"督察员往罐子里瞧了瞧说道。

"不,"蒙蒂说,"如果昨晚不是拉德找钥匙,把指针往回拨十一小时,再把摆锤放到原位,他怎么会知道钥匙不在那儿?难怪那个地方乱七八糟的。"

店主供认不讳,乔治突然低声啜泣起来。

"拜托,警官,我根本一无所知。我没有插手。"

"中士,两个人都铐上手铐,"伯奇督察说,"还有你,斯莱特,之后还需要你来作证。埃格先生,非常感谢您。只是那把钥匙会藏在哪儿呢?还真是挺好奇的。"

"最好问问那个孩子,"埃格先生说,"这么小的东西能将一个人绳之以法,真令人惊奇。正如《销售员手册》所言:'注意细节,你会成为一个成功的销售员——只要多注意一点就可以扭转局面。'"

教授的手稿
蒙塔古·埃格的故事

"喂，蒙蒂，"霍普古德先生（梅塞尔兄弟公司旅行销售代表）对埃格先生（梅塞尔·普卢梅特和罗斯公司旅行销售代表）说："你在这里的时候，为什么不尝试争取一下品达老教授？我觉得应该把他纳入你的顾客队伍。"

埃格先生有点不情愿地将思绪从晨报标题上收回来（标题有《荧幕明星的浪漫爱情长跑》——《地毯式搜索失踪金融家》——《乡村古宅的神秘纵火犯》——《个人所得税缓解的可能性》)，问他品达教授是谁。

"他是个古怪又精明的人，定居在巨杉屋，"霍普古德先生回答，"你知道的，芬奈尔之前就住在那里。他去年一月份买下那个地方，大约一个月前搬进去。每天写写书，或者做点其他事情。我昨天一个人去那里考察商机了。听说他是某个党派的退休成员，我想他应该适合喝一些气泡酒或软饮料之类的，但他对我很粗鲁，不仅称之为'劣等酒'，还作了一首讽刺的诗。你根本预料不到，这么强烈的不满居然发自一个博学的绅士。当然，我还是为自己占用了他的时间而道歉，并自言自语道：'这里适合年轻的蒙蒂带着他的激情而来。'我想，这只是给你的一个小建议，仅此而已——当然，还是按你的意愿来吧。"

埃格先生谢过霍普古德先生，一致认为品达教授听起来像一个优质的潜在顾客。

"能顺利见到他吗？"蒙蒂问道。

"可以——只要你说明来访的原因，"霍普古德先生说，"管家有点凶。老套的话，比如是他的好朋友某某人介绍来的，根本行不通，因为，一方面，他在这里没有朋友，另一方面，他们也知道那个朋友。"

"既然那样——"埃格先生又开始询问，但霍普古德先生似乎并没有注意到他这些奇怪的话。他觉得不值得争论，尤其在这么美好的早晨，他还没看荧幕明星的浪漫爱情长跑和乡村古宅的神秘纵火犯。他转移注意力津津有味地看报，发现所谓的浪漫史其实是那个女人的第五次婚姻；大火则是又一次保险敲诈；前一天在君士坦丁堡逮捕的人，竟然不是猛犸有限公司潜逃的领袖；个人所得税减少六便士的希望犹如《每日播报》通讯记者实现梦想一样遥不可及；翻开一面彩色的领袖篇，其中一个标题《商业旅行者可以是基督徒吗？》立刻吸引了他，倒不是因为他对商业道德存在任何怀疑，而是他认识作者是谁。

然而，没过多久，埃格敏感的商业道德就提醒他，这是在浪费老板的时间，于是他去调查"钟声激越"店主的投诉，那是关于普卢梅特和罗斯公司陈年茶红波特酒（浓郁，富有阳刚之气）的一起案件，由于所谓的问题软木塞，没有达到样品标准。

这个不愉快的小插曲，原来是因为店主考虑不周，在货架后面安装了一条供暖装置的主管道，一切解决妥当后，埃格先生询问店主如何去巨杉屋。

"在城外五公里左右，"店主说，"从白丁路出发，看见一座名叫'荒唐格拉布'的塔就左拐，沿着小路靠右行走，经过一个古老的水磨坊。偌大的地方，中间是一堵高大的砖墙。在我看来，那地方有点潮湿。我不想住在那里。如果你喜欢宁静安逸，倒是个不错的选择，只是我喜欢繁华街市，我太太也是。但这位老兄还没结婚，我想他住得挺顺心的。他和一个管家、一个用人还有大约五千万吨书籍住在一起。听说他买下房子时，我其实很遗憾。我们想要一户富裕的人家住进来，促进小镇的贸易。"

"他不富有吗？"埃格先生问道，他原本想推荐1896年的科伯恩红葡萄酒（珍藏三十五年的古老葡萄酒），此刻头脑里取而代之的是另一些物美价廉的酒，希望能吸引那位老教授。

"他可能有，"店主思索后又改口，"我想他一定有钱，因为他买下了那块地的不动产所有权。但如果他一毛不拔，有钱和没钱又有什么区别？他从不出门，也没有任何娱乐。大家都说他脾气很古怪。"

"他吃家畜肉吗？"埃格先生问道。

"哦，是的，"店主说，"而且只吃最好的部位。但是你想，一位老先生能吃多少牛排和猪排？每周的营业额根本没什么增长！"

然而，正是牛排和猪排支撑着埃格先生，他一路驱车经过"荒唐格拉布"塔和古老的水磨坊，绕过灌木树篱间蜿蜒的小路，道路两旁点缀着紫罗兰和白屈菜。烤肉、红酒、果仁肉饼和自制柠檬水的香味扑面而来。

一个系着围裙的中年妇女来开门，埃格先生一见到她，立即收起那副对待家庭佣工的态度，表现得毕恭毕敬，好像对待"上流社会"的人一样。他暗自思忖，这应该是一位有地位的贵妇，二战后才从事管家工作。埃格出示名片，坦率地道出自己来访的缘由。

"好吧，"管家将埃格先生上上下下打量了一遍，说道，"品达教授非常忙，但他应该很乐意见你。他对葡萄酒特别挑剔，尤其是年份波特酒。"

"夫人，年份波特酒，"埃格先生回答，"是我们的招牌。"

"是真的年份波特酒吗？"管家笑着问道。

埃格先生很受伤，又不能表现出来。他介绍了梅塞尔·普卢梅特和罗斯公司的一些精选红酒，还列了一个清单。

"进来吧，"管家说，"我把清单交给品达教授。他可能会亲自来见见你，虽然我不敢保证。他在全神贯注地写书，可能抽不出很多时间，别介意。"

"当然不会，夫人。"埃格先生小心翼翼地擦拭靴子后才走进屋子。其实鞋子本来就锃亮发光，但注重礼节是他们日常工作的一部分，正如《推销员手册》所言：干净整洁，谦逊有礼；抬高帽子，擦亮靴子；这种绅士的行为最令女士心动。"在我看来，"他一边跟着管家穿过富丽堂皇的大厅，走过铺着厚地毯的长廊，一边补充道，"很多不成功的销售不是因为毅力不够，就是太锲而不舍了。夫人，有首小诗我一直铭记于心：'不要逗留太久；比起坐在客厅听你闲扯，客户有更重要的事情要做；如果因为你的喋喋不休，她把晚饭烧煳了，她会耿耿于怀，你就更得不偿失了。'我只是给教授看看我列的清单，如果他不感兴趣，我保证立刻离开。"

管家哈哈大笑："你比大多数人都通情达理。"她领着埃格先生走进一间高大宽敞的房间,一排排落地书架一直延伸到天花板。"你在这里等一下,我去看看品达教授怎么说。"

管家离开了一段时间,埃格先生一个人在房间等候。望着一排排整齐有序的书籍,从满怀敬畏,惊讶不已,到坐立不安,渐渐有点胆大妄为。他在房间蹑来蹑去,试图从这些书目推断出品达教授是什么老师。不过,他似乎是天主教徒,因为这些书涉猎了许多学科。在长长的一排牛皮封面装订的八开本中,一本厚实的书引起了埃格先生的注意。这是一本十八世纪关于酿造和蒸馏的专著,他伸出手指小心翼翼地想从架子上抽出来。然而,这本书紧紧地嵌在一排装订好的小册子和一部本·琼生的著作中,根本抽不出来,最终他还是放弃了。好奇心驱使他蹑手蹑脚地走到那张摆满手稿的可怕大书桌前,这里可以得到更多信息。房间的中央,打字机旁边,叠放着一堆整齐的打印纸,上面是密密麻麻的脚注,在埃格先生看来,许多文章都是希腊语,当然,也可能是俄语、阿拉伯语或是任何带奇怪字母的语言。记事本上放着一页未完成的纸,以一句话突然中断:"在圣奥古斯丁看来,尽管亚历山大的克莱门(约150~215,希腊早期基督教神学家、作家)明确宣称   "这是最后一句话,作者好像停下来检验他的权威。但是,桌子上摊开的书,既不是关于圣奥古斯丁,也不是亚历山大的克莱门,而是奥利金(亚力山大的作家、基督教神学家、教师)。一个金属保险柜紧挨着它，锁着一把密码锁，埃格先生认为里面应该是一些珍贵的手稿。

门口传来门把转动的声音，埃格先生连忙做贼心虚似的离开桌子。门推开的一瞬间，他猛地转身，背靠书桌，心不在焉地盯着书架，上面塞满了厚实的著作，从亚里士多德的作品到伊丽莎白女王时期的生活。

品达教授佝偻着腰，步履蹒跚，是埃格先生见过毛发最茂盛的人。胡子从颧骨开始，覆盖住胸部，一直延伸到马甲的倒数第二颗纽扣。一双锐利的灰色眼睛上悬挂着一对灰色的大浓眉，像屋顶小楼似的。他戴着一顶黑色的无檐便帽，从帽子里垂下的白发遮掩了衣领。身披一件破旧的黑色天鹅绒外套，皱皱巴巴的灰色裤子，上一次熨烫的时间肯定已经不记得了，趿拉着一双棉拖鞋，脚上套着一双褶皱的灰色羊毛袜。他脸庞消瘦，因为戴着一副非常不合适的假牙，说话总是伴随着奇怪的口哨声和咔哒声。

"你就是红酒公司的那个年轻人，嘘，咔哒，"教授说，"请坐，咔哒。"他伸手示意着不远方的一把椅子，自己则摇摇晃晃地走到桌后坐下。"你列了一张清单——在哪儿了呢——啊！咔哒！在这里，嘘。让我看看。"他摸索了一番，掏出一副钢框眼镜，"嘘！是啊！很有意思。你为什么会想来拜访我，咔哒，嗯？嘘——"

埃格先生如实相告，是梅塞尔兄弟公司的销售代表建议他来的。

"先生，我想，"埃格坦率地说，"如果你不喜欢软饮料，可以品尝其他口味的，比如说，浓郁醇厚的红酒。"

"你们有生产，是吗？"教授说，"你真精明。咔哒！你很聪明，嘘。你从这里面推荐点好酒。"他挥舞着手中的清单，说道："高级红酒商招徕顾客的话都信不得。这么说有失身份，对吗？"

埃格先生解释说，市场竞争压力太大，无疑梅塞尔·普卢梅特和罗斯公司也只能跟上时代，采取权宜之计。"当然，先生，"他补充说，"我们可以行使自由裁量权。像您这样的绅士，我们给您列的清单肯定和那些有执照的酒店不一样。"

"嗯！"品达教授轻哼了一声。他开始滔滔不绝地谈论酒单，展现自己渊博的知识和对教会神父的崇敬。他说，他正在考虑建造一个小地窖，但是他得安装一些新的酒架，因为之前的业主没有好好利用资源，很多设施已经荒废了。

埃格先生大胆地说了一些关于"毁灭"的戏谑语，收获颇丰，老教授预定了一些沃尔葡萄酒，一些科伯恩波特葡萄酒，还有几十瓶精选的勃艮第葡萄酒，一个月后交货，那时地下酒窖应该已经准备好了。

"先生，你想在这里永久定居吗？"埃格先生起身告辞时，冒昧地问了一句。

"是的。为什么不，嗯？"教授厉声说道。

"先生，听到这个消息我很开心，"蒙蒂说，"你知道，得到一个好客户总是值得高兴的。"

"是的，那当然，"品达教授回答，"人之常情。至少，我希望一直待在这里，直到我的书完成为止。可能需要数年，咔哒！《早期基督教堂的历史》，嘘，咔哒。"讲到这里，他的假牙从嘴巴里飞跃而出，埃格先生本能地向前扑过去接住，好奇教授既然牙齿不好，为什么要发这么难的音。

"这对你毫无用处，我就拿走了，嗯？"教授边说边打开门。

"没关系，我很抱歉，先生，"埃格先生说，他知道假装感兴趣和承认无知两者之间的界限在哪里，"且让我这么说吧，就像艾冯河的诗人（指莎士比亚），我也会一点拉丁语和希腊语，恐怕这是我和他唯一的相似之处了。"

教授笑了，那是一个令人毛骨悚然的笑容，伴随着可怕的咔哒声。

"塔比特夫人！"他叫道，"送这位先生出去。"

管家又来了，埃格先生彬彬有礼地致谢后便离开了。

"好吧，"埃格暗自思忖，"准确地说，这确实令人匪夷所思。不过，这又不关我的事，我也不想犯错。我不知道该问谁。等一下！格利菲斯先生——就是那个男人，他应该会知道。"

碰巧那天格利菲斯先生回到伦敦。他专注于自己的生意,一有空就去拜访要好的客户和朋友,他是格利菲斯和西布莱特出版公司的高级合伙人。格利菲斯先生饶有兴趣地听了他的故事。

"品达?"他疑惑不解,说道,"从来没听说过他。早期的教会神父,嗯?好吧,阿布科博士是这一领域的,我们打电话问问吧。喂!是阿布科博士吗?很抱歉打扰您,您有没有听说过一个叫品达的教授?没有?……我不知道,等一下。"

他记下不同的书卷一一询问。

"他似乎不是英语或苏格兰语教授,"他得出结论,"当然,可能是外国人或美国人,他说话带口音吗,埃格?——没有?——好吧,这说明不了什么,任何人都可以从那些奇怪的美国大学获得教授职位。好吧,没关系,阿布科博士,那就不打扰了。是的,一本书。我很想核实下这件事。我以后再告诉你。"

他转向蒙蒂。

"没有明确结论,"他说,"但我来告诉你,如果是我,我会怎么做。我会去拜访这个人,告诉他我听说过这本著作,想出个价买下它。可能会发生些意想不到的事。你有点害怕,对吗,埃格?去之前喝点你自己的酒。"

过了一段时间,埃格先生收到格利菲斯先生的信。当时他在约克郡出差，信件是转寄过来的。

亲爱的埃格：

我写信给那位教授，却一无所获。现在，毫无疑问，手稿完全没有问题，称得上是同类作品中的佼佼者。在某种程度上，文章独树一帜，才华横溢，就像鸡蛋一样富含营养价值。可是他的回信可谓避实就虚，闪烁其词，并未告知教授是在哪里评的。也许为了名誉，教授是他自称的。但那本书真的很精辟，我想竭尽全力为出版社争取版权。我写信想要约见一下这位神秘的教授，一旦成功我会给你写信。

下一封信是从林肯寄来的。

亲爱的埃格：

我觉得越来越奇怪。虽然品达教授同意考虑我的提议，但他坚决拒绝和我见面，也不和我谈论他的书。阿布科对此兴奋不已，特意写信去请教书稿中一些有争议的问题。我们一直疑惑不解，如此博学多才之人，为什么那个领域的专家都对他一无所知？我觉得我们只能寄希望于老威尔沃顿先生。他对所有人和事都了如指掌，只是人非常古怪，很难从他那里获得讯息。但有一件事可以肯定——这本书的作者是一个货真价实的学者，所以你的怀疑完全是杞人忧天。无论他是谁，能认识品达教授，我得诚挚地感谢你。这部作品一定能在学术界掀起一阵热潮。

埃格先生回到伦敦后，又收到了格利菲斯先生的信。他还特地打电话给埃格，激动不已地邀请他来家里，会一会古怪的洛弗尔·威尔沃顿先生。埃格先生一到那里，就看见出版商和阿布科博士坐在火炉旁，而一个身着小方格绒套装，戴着一副钢框眼镜的陌生男人在房间里焦躁不安地踱来踱去。

"没用的，"威尔沃顿先生气急败坏地说，"告诉我也无济于事。我知道。我说我知道。表达的观点——写作风格——真相呼之欲出。此外，我告诉你，我之前在亚历山大的克莱门那里见过这篇文章。可怜的多恩！他是一位才华横溢的学者——是我手上最出色的学生。我去看过他一次，他退休后就住在埃塞克斯沼泽地一间糟糕的小屋里——你知道的，那次倒塌事件——然后他给我看了那些素材。记错了吗？我绝对没记错。我从来没有错过。不可能！我常常想，那份手稿去哪儿了？要是当时我在英国就好了，我一定会把它留下来。我想，他是为了付房租，才把剩下的东西都卖掉。"

"等等，威尔沃顿先生，"阿布科博士安慰道，"您说得太快了。您说《早期基督教堂的历史》是一个叫罗杰·多恩的年轻人写的，他是您的学生，不幸的是他喜欢酗酒，住在埃塞克斯沼泽地的一个小屋里，过着一贫如洗的生活。您说多恩不会用打印件，而现在这份手稿以打印件出现，变成了别人的作品，他自称品达教授，住在萨默塞特的巨杉屋。您是在暗示，品达不是偷手稿就是从多恩那里买来的？或者说他就是多恩乔装打扮的？"

"他当然不是多恩，"威尔沃顿先生气急败坏地说，"我告诉过你，不是吗？多恩死了。去年我在叙利亚时，他就死了。我想手稿是这老骗子在拍卖时买的。"

埃格先生猛地拍了下自己的大腿。

"哎呀！绝对是，先生，"他恍然大悟，说道，"我在桌子上看到契据保险箱。箱子里肯定是原稿，这位老教授只是用打字机把它打出来。"

"但是为什么？"格利菲斯先生问道，"这本书虽然不同凡响，但也赚不了很多钱。"

"确实，"蒙蒂同意，说道，"但这是一个非常好的证据，证明那位教授真的是他所伪装的那个人。如果警方来调查——有教授，有书，任何专家只要见到这本书，都会不约而同地认为是出自博学者之手（除非他们有幸碰见洛弗尔·威尔沃顿先生)。"

"警察？"阿布科博士突然问道，"为什么想到警察？你觉得这个品达会是谁呢？"

埃格先生从口袋里掏出一份报纸。

"先生，他，"他回答，"格林霍尔特，那位失踪的金融家，拐骗了猛犸有限公司所有资金并携款潜逃，这件事正好发生在品达教授来这里定居的前一周。这里有他的样貌描述：六十岁，灰色眼睛，假牙。为什么？一束头发，一套不合适的假牙，一件天鹅绒大衣和一顶无檐边帽，就是他，你的品达教授。我觉得头发描述得言过其实了。而且，塔比特夫人是一位女士，好吧，这是格林霍尔特夫人的照片。卸个妆，头发往后梳成一个髻，她们简直一模一样。"

"天哪！"格利菲斯先生大吃一惊，惊叹道，"警察一直在欧洲搜索这对夫妇。埃格，我不确定你说的对不对。把电话给我，我们给伦敦警察厅打电话。喂！帮我转接白厅1212。"

晚上消息传来，罗伯特·格林霍尔特在巨杉屋被捕。"埃格先生，你是个当侦探的料，"洛弗尔·威尔沃顿说，"你介不介意告诉我，你为什么会突然联想到这个？"

"好的，先生，"埃格先生谦虚地回答，"我不是一个聪明人，但我洞察力很好。第一件奇怪的事情是，这位教授不见我的朋友，兄弟公司的霍普古德,直到他知道我朋友从哪里来的才见他,而且,他们见面时,他说自己不能喝软饮料。你知道的,先生,一般来说,一个忙碌的教授,如果真的对商品不感兴趣,根本就不会见广告商。这是我们俩最困惑的事。还有,他的所作所为,似乎想弄得人尽皆知,他真的是一位教授。然后就是屠夫,他为这户人家提供牛排和猪排,主人应该有一口好牙。但是当我到那里时,看见的却是一个毛发旺盛、连假牙都松动的老人,估计吃炒鸡蛋都成问题。但真正困扰我的还是书房里的书。我不喜欢读书,除了侦探故事之类的,但我拜访了不少博学多才的绅士。我总是不时地把目光投向书架,希望能提升自己。可是,这间房间有三件事令人匪夷所思。首先,这些书都是混杂在一起的,并没有按主题分类。其次,这些书排列得太整齐了,所有的大本书排放在一个地方,小本书在另一个地方。最后,书架上的书之间毫无间隙。一个喜欢读书的人,或者需要快速查阅资料的人,根本不会把书塞得这么紧——当你需要的时候,不仅抽不出来,还会损坏装订。这是真的,因为我问过一个做二手书生意的朋友。所以你看,"埃格先生头头是道地分析,"不管是不是希腊语,我就不信那位先生真的读过其中任何一本。我想,他也只是从别人那里买来而已——不然不会成批地运送过来;有钱人经常请装饰公司布置书房。"

"我的天哪!"洛弗尔·威尔沃顿先生赞叹道,"埃格先生,你真的很善于观察。"

"我一直在努力,"埃格先生回答,"'英镑'和'赚钱'这两个词语要终身学习——这是《推销员手册》中介绍的。先生,您不觉得很实用吗?"

图书在版编目（CIP）数据

以齿为证／（英）多萝茜·塞耶斯著；陈小兰译
. -- 上海：上海文艺出版社，2020（2021.11 重印）
（域外故事会侦探小说系列. 第一辑）
ISBN 978-7-5321-7336-5

Ⅰ.①以… Ⅱ.①多… ②陈… Ⅲ.①侦探小说－小
说集－英国－现代 Ⅳ.① I561.45

中国版本图书馆 CIP 数据核字（2019）第 176278 号

以齿为证

著　　者：[英] 多萝茜·塞耶斯著
译　　者：陈小兰
责任编辑：蔡美凤　朱崟滢
装帧设计：周艳梅
责任督印：张　凯

出　　版：上海文艺出版社
出　　品：上海故事会文化传媒有限公司
　　　　　（201101 上海市闵行区号景路159弄A座3楼 www.storychina.cn）
发　　行：上海文艺出版社发行中心
　　　　　（上海市闵行区号景路159弄A座2楼206室）
印　　刷：上海中华印刷有限公司
开　　本：889毫米x1194毫米　1/32　印张6
版　　次：2021年2月第1版　2021年11月第2次印刷
ＩＳＢＮ：978-7-5321-7336-5/I·5832
定　　价：35.00元

版权所有·不准翻印

想看更多精彩故事？
扫码下载故事会APP

上海故事会文化传媒有限公司 出品（01005）www.storychina.cn

上海故事会文化传媒有限公司所有图书可办理邮购，免收邮费（挂号除外）
汇款地址：上海市闵行区号景路159弄A座2楼206室（201101）；
收款人：上海故事会文化传媒有限公司出版发行部　联系电话：021-53204159
如发现本书有质量问题，请与印刷厂质量科联系 T：021-60829062